DREAMBOOKS

DREAMBOOKS

DREAMBOOKS

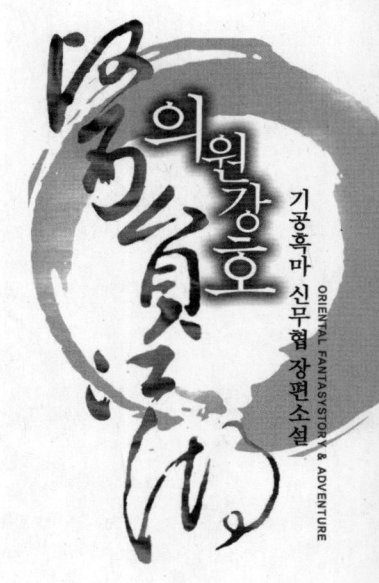

의원강호

기공흑마 신무협 장편소설

ORIENTAL FANTASYSTORY & ADVENTURE

dream books
드림북스

의원강호 3

초판 1쇄 인쇄 / 2015년 5월 11일
초판 1쇄 발행 / 2015년 5월 18일

지은이 / 기공흑마

발행인 / 오영배
책임편집 / 편집부
펴낸 곳 / (주)삼양출판사 · 드림북스

주소 / 서울시 강북구 도봉로 173
대표 전화 / 02-980-2112 팩스 / 02-983-0660
편집부 전화 / 02-980-2116 팩스 / 02-983-8201
블로그 / blog.naver.com/dreambookss

등록번호 / 제9-00046호
등록일자 / 1999년 3월 11일

ⓒ 기공흑마, 2015

값 8,000원

(주)삼양출판사 · 드림북스의 서면 허락 없이는 어떠한
형태나 수단으로도 이 책의 내용을 이용하지 못합니다.

ISBN 979-11-313-0233-0 (04810) / 979-11-313-0216-3 (세트)

* 지은이와 협의하에 인지는 생략합니다.
* 잘못된 책은 구입한 곳에서 바꾸어 드립니다.

이 도서의 국립중앙도서관 출판시도서목록(CIP)은 서지정보유통지원시스템홈페이지
(http://seoji.nl.go.kr)와 국가자료공동목록시스템(http://www.nl.go.kr/kolisnet)에서
이용하실 수 있습니다. (CIP제어번호: 2015013043)

의원강호 3

기공흑마 신무협 장편소설

ORIENTAL FANTASY STORY & ADVENTURE

dream books
드림북스

목차

第一章 결국 피할 수가 없었다   007

第二章 누군가 움직이다   029

第三章 일이 꼬이는구나   051

第四章 홀로 움직이기 시작하다   071

第五章 함께 도착을 하다   091

第六章 움직이기 시작하다   111

第七章 조우를 하게 되다   131

第八章 정리를 하다   153

第九章 꼼꼼히 움직이다   173

第十章 준비를 하다   191

第十一章 예로부터 먹히는 것   213

第十二章 본격…… 만들기   231

第十三章 호황을 맞다   253

第十四章 확장을 하다. 그리고…   273

第十五章 삐친 그를 달래다   293

第一章
결국 피할 수가 없었다

　살인(殺人). 사람을 죽이는 죄.
　동서양을 막론하고 어느 것보다도 크게 처벌받는 것이 살인이다. 그것은 환생을 한 지금의 세계에도 지금에도 유효하였다.
　'어떻게…….'
　어떻게 해야 한단 말인가.
　사람을 살리기 위해 익힌 무공이다. 기를 연구하고, 그를 통해 의술에 접목하기 위하여 익힌 것이 무공이었다.
　수신(修身)을 위해서지 양명(揚名)을 위해서가 아니었다.
　무공이 살인을 위함이라는 것을 안다. 누군가에게는 입신

양명(立身揚名)을 위한 것이 무공이란 것을 안다.

그럼에도 자신만은 그 모순을 피해 나갔다 생각하였다.

'아니지…… 피하고 싶었을 뿐이었겠지.'

구파일방 중 하나인 무당에 들어가지 않은 것도, 무공이 아닌 의술에 집중한다고 말했던 것도 다 같은 이유다.

'언젠가 있을 지금을 피하기 위함이었을지도 모른다.'

무림사에 관여하지 않기를 바라서. 조금이라도 지금 있을 이 순간을 피하기 위해서 그랬을지도.

"우와아아아아!"

"죽여!"

운현이 아무런 결정도 내리지 못한 채로 멈춰 있는 그 순간에도 공물을 노리는 자들은 쉼 없이 달려오고 있었다.

단단히 준비라도 하고 오는 것인가.

공물을 노리는 사람은 계속해서 늘어났다. 그 흉흉함은 평화롭기만 하던 전생에서는 볼 수 없는 모습이었다.

살기, 흉흉함, 살의.

이게 무림이고, 그가 새로 살아가는 중원이었다.

운현이 아무런 선택도 하지 못한 채로 갈팡질팡하고 있을 때에도, 공물행을 책임지고 있는 고 표두는 자신의 할 일을 철저히 했다.

그가 외친다.

"방진은 어떻게 되었나!?"

평상시 가벼운 모습과는 전혀 다른, 전장의 장군과 같은 외침이었다.

"이미 완성되었습니다. 금갑을 전수받은 자가 일진입니다!"

"좋군!"

이통표국이 아래에 있을 때부터 함께 하던 자들이다. 발 맞춤이 서투를 리가 없었다. 어지간한 군대보다 나았다.

순식간에 미리 약속된 방진이 형성되고, 전의를 다지듯 무기를 빼어든 표사들이 보였다.

"준비!"

"옙!"

표사는 무인이면서도 군인과도 같은, 그 중간의 치들이 아닌가.

하나 되는 정예 군인보다는 못한 군기이나, 따로 노는 무인들보다는 일사불란함을 가진 채로 전방을 겨눈다.

준비가 끝나자마자, 전투가 시작되었다.

"우와악!"

슈욱!

단순한 휘두름.

상대를 죽이겠다는 살의만은 정확한 도가 전방의 표사에게로 휘둘러진다. 고 표두만큼이나 이통표국에 오래 몸을 담은 표사였다.

콰즉—

위에서 아래로 휘둘러진 살의의 도를, 표사는 거뜬하게 막아내었다.

"크으…… 무, 무슨 힘이……."

"죽어!"

도를 막는다. 막혀버린 도의 선을 따라 아래로 선이 그어진다. 자연스레 목표는 산적인 놈의 사타구니였다.

무인으로서의 도를 가졌다면 사타구니는 노리지 않았을 것이다. 정파의 무인이라면 더더욱!

하지만, 공물을 지키겠다는 표사의 마음가짐을 가지고 있었기에 그는 한 점의 망설임도 없이 급소를 노리고 있었다.

사타구니를 시작으로 길게 혈선(血腺)이 그어진다.

"크아아아악!"

가장 먼저 달려든 산적이 전투불능이 되었다. 그가 가졌던 거대한 살의가 표사의 정신에 뭉그러진 것이다.

그때부터다!

일격의 부딪침 뒤에 산적과 표사들의 본격적인 전투가 시작되었다.

"크……."
"미친! 이게 무슨 표사가……."
검을 막는다. 도를 막는다. 수월한 움직임이었다.
화살받이로 쓰일 법한 일진의 산적들이 죽어나간다. 어느새 이진이다. 전보다는 강한 산적들이다.
그들을 상대함에도 표사들은 물러남이 없었다.
검이 박혀들 법하면, 몸으로라도 막아 낸다. 중상을 입을 만한 자들이 경상으로 막아 낸다. 금갑괴공의 힘이었다.
"교대!"
고 표두의 목소리가 전장에 쩌렁쩌렁하게 울려 퍼진다.
시의적절한 명령이었다. 그의 외침을 듣자마자 첫 부딪침으로 힘이 빠진 일진이, 일사불란하게 물러난다.
이진에서는 이번에 새로 충원된 표사들이 앞으로 나섰다.
금갑괴공을 익히지는 못했어도, 의욕만큼은 최고인 자들이다. 그들로서는 이번 전투를 기회로 자신들의 실력을 제대로 내보이고 싶은 상황이었다.
실력을 뽐내고 싶은 그들은 방어보다는 공격이 더 어울리는 자들이었다.
"쳐라!"
이통표국의 사람들과 산적들이 어우러지기 시작한다.

***

"후우…… 후우……."

사람이 죽어나갔다.

혈우가 내린다. 핏줄기가 흘러내린다. 강을 이루지는 못해도, 작은 내를 이룰 법한 광경들이었다.

사람의 죽은 시체로 해부 실습을 하던 그다. 사람이 죽은 모습을 처음 보는 것은 아니다. 그가 치료하던 자 중에 죽은 자도 있었다.

허나, 이렇게 많은 이들이 죽지는 않았다. 토사곽란으로 쓰러졌던 사람들과는 다르게 공포스러울 수도 있는 광경이다.

보통의 현대인이었다면, 정신을 잃고 쓰러져도 이상치 않은 상황이었다.

'빌어먹을…….'

처음 쓴 소리가 나왔다.

소설에서는 쉽게 살인을 하고, 쉽게 살인의 후유증을 이겨내기도 하지 않던가. 소설 안의 주인공들은 그러한 것들을 쉽게 하지 않았던가.

그건 괴물이나 되는 거였다. 소설이니 되는 거였다.

그 순간.

"크으…………."

의욕이 크게 앞서던 표사 하나가 부상을 입는다. 산적 중에서도 제대로 된 무공을 익힌 자가 있었던 것이 분명했다.

부상의 고통에 표사가 몸을 움츠리던 순간! 그 순간을 노리고 산적 하나가 더 달려든다. 표사의 목숨을 바로 끊으려는 것이리라.

"안 돼!"

진부하다고 해도 좋다.

말도 안 된다고 해도 좋다.

그 순간은…… 괴물로만 느껴지던 소설 속 주인공들의 심경이 이해가 되었다.

막아야 했다!

짧은 인연이었다. 처음 본 그날 인사를 하고, 몇 번 대화를 하였던 것이 다이다.

"잘 부탁드립니다! 하하."

하지만 아무것도 아닌, 호기신의라 불리던 자신을 치켜 세워주던 표사였다. 기억에 남는 자였다.

우정이란 것도, 우의라는 것도, 의리라는 것도 없었지만 자신이 있는 이통표국의 사람이었다.

더 무엇을 생각할 필요가 있겠는가.

괴물이 되더라도 나아가야 했다.

퍼어어억!

"제…… 길."

경황이 없어 검도 빼어 들지 못한 운현이었다. 그의 아버지가 보았다면 잔뜩 화를 냈을지도 모를 허접한 주먹질이었다.

제대로 검술을 펼쳤다면 일격에 산적을 끝냈을 수도 있으리라. 하지만 그것으로도 충분했다.

"신의님! 감사합니다!"

사람 하나를 살리었다.

용케 정신을 차린 표사가 물러난다. 그 뒤로 이진에서 쉬고 있던 표사가 나서 운현에게 일격을 당한 산적의 목을 베어 버린다.

'이게 살리는 것인가.'

아니면 죽이는 것인가.

'모르겠다.'

하지만 지금까지의 고민이 허무하게 느껴질 만큼, 결론은 쉽게 내려졌다. 만화 속의 유치한 주인공들이나 외치던 말이지만, 지금 이 순간은 자신이 외쳐야 했다.

'표국의 사람들을 지키기 위해서.'

함께 하던 이들, 인연이 닿은 자들을 지키기 위해서 운현이 나아가기 시작했다.

어느샌가 검을 뽑아드는 운현이다. 스르릉하고 자연스럽게 뽑아지는 검의 모습이 결심을 한 그의 마음을 대변하는 듯했다.

'실전에서 몸은 가볍게……'

아버지가 그에게 해 주었던 말들이다. 그 말들이 이 순간에 떠오를 줄은 생각지도 못했던 그였다.

'말에 기대어서라도 마음을 다 잡고 싶었던 거려나……'

그의 머리 사이로 많은 생각들이 스쳐 지나갔다. 잡념이 많다. 떠오르는 잡념의 숫자만큼이나 그가 힘들다는 것을 보여주는 것일 게다.

그래도 나아갔다.

"죽어엇!"

검을 빼어 들었어도 의원의 차림을 해서일까. 산적 중에 하나가 운현을 향해서 도끼를 휘두른다. 피하지 못한다면 머리가 쪼개질 게다.

잔뜩 자신감에 차 있는 덕분인 건지, 그의 도끼에 실린 기세에 바람부터 쪼개어져 갔다.

부딪치면 손해였다.

샤악—

왼쪽으로 반 보를 움직여 위에서 내려찍듯 다가오는 도끼를 피한다.

동시에 오른손에 쥐어져 있던 검을 휘둘러 빈틈이 되어 버린 옆구리에 그대로 선을 그어버리는 운현이었다.

"크으윽······."

제대로 된 살수는 아니었다.

진심으로 살생을 하려 했다면, 선을 그어버리는 것보다는 드러난 옆구리에 그대로 검을 찌르고 들어갔어야 했다.

'심장을 꿰뚫었겠지.'

그래도 아직까진 그에게는 이게 최선이었다. 손이 덜덜 떨리거나, 두려움에 뒷걸음치지 않는 것만으로도 다행이었다.

'나아지겠지. 한번 시작을 했으니까.'

두 번이고, 세 번이고 자기 사람들을 지키기 위해서 움직이다 보면 나아지는 때가 올 것이다.

"제법 하는구나!"

한 명의 산적이 물러나자, 다음의 산적이 다가온다. 혈전이 벌어지는 와중에도 순차적으로 싸울 수 있는 것은 옆에 방진이 있는 덕분이리라.

'간다.'

전보다는 조금 더 굳센 마음으로 앞으로 나아가는 운현이었다.

그렇게 그는 조금씩, 아주 조금씩 전투에 동화되어 나아가며 전장에 있는 다른 표사들과 하나가 되어 갔다.

* * *

전장이 끝이 났다. 공물을 지켜냈다.
어지간한 규모의 산적들보다 많은 수였지만 표사들이 노력을 한 덕분에 공물에는 전혀 피해가 없었다.
표사들도 금갑괴공에 더하여, 평소 수련한 것이 도움이 됐는지 많은 피해는 없었다. 사망자는 전무했고, 부상자 정도만 생겼을 정도다.
방진을 형성한 덕분에 부상 또한 그리 크지 않았다.
고로 쓰러져 있는 자들의 대부분은 표사가 아닌 산적들이란 소리다. 한 번의 전투였지만 아주 좋은 결과였다.
"으으. 살살 좀 해!"
"그게 어디 쉬운가? 일단은 처치부터 하라고."
부상을 당한 표사들은 급한 대로 동료 표사들로부터 응급치료를 받고 있었다.
"사, 살려달라고……."
다만 패배를 한 산적들은 부상의 치료도 받지 못한 채로, 그대로 방치되어 있을 뿐이었다.

하기야 당연한 일이다. 목숨을 노리고 온 자들을 도울 만한 성자는 이들 중에 없었으니 당연한 광경이다.

모두가 분주한 가운데에서 멍하니 서서 주변을 바라보는 운현이었다.

"후우…… 오늘만 한숨을 몇 번을 내뱉는 건지……."

산적이 올 때도 한숨, 마을을 굳세게 하기 이전에도 한숨, 전투가 끝나고도 한숨이었다. 단 한 번의 전투였지만 많은 것들이 그의 마음속에서 오고 갔다.

그때 그의 어깨를 툭하고 치는 자가 있었다.

"하하. 도련님. 아주 잘하셨습니다."

고 표두다.

그는 진심으로 운현이 한 것들에 만족을 하고 있는 듯하였다.

얼굴에 웃음꽃이 잔뜩 피어 있었다. 몸 곳곳에 묻은 핏줄기만 아니었더라면 아주 화기애애한 분위기였을 게다.

그와 대조되는 어두운 표정으로 운현이 물었다.

"잘한 걸까요?"

"그럼은요!"

"흐음…… 정말 그럴까요?"

"아무렴요! 처음치고 그 정도 하셨으면 잘한 겁니다. 끝까지 회피하지 않은 것만으로도 다행이지 않습니까?"

"회피라……."

솔직히 끝까지 회피를 하고 싶었다. 도망을 친다는 것이 적당한 표현이리라.

하지만 알던 이가, 인연이 닿은 이가 죽는 모습을 보기는 싫었다.

이기적일지도 모르지만, 인연이 닿은 표사가 죽을 뻔한 그 순간에 도망을 치려던 자신의 마음이 사라졌었다.

"사람을 죽여서, 사람을 살린다. 굉장히 모순되는 말이라는 건 아시죠?"

"학문은 제대로 익히지 못한 저지만, 알고는 있지요. 도련님의 말이 맞습니다. 그래도 우리가 살아가는 것은 현실이지 않습니까. 현실."

"으음……."

"지키고 또 지켜야죠. 우리 사람을요. 공격해 오면 막아야 하고, 수작을 걸어오면 깨부수고요. 그게 제가 아는 진실이고 현실입니다."

머리로는 이해가 간다. 고 표두의 말이 현실인 것도 알 수 있었다. 하지만 아직은, 마음이 그리 가지 않았다.

사람을 살리고자 하는 의원. 무로서 사람을 지키고자 하는 무인.

그 둘의 사이에서 접점을 찾으려면 아직은 시간이 더 걸릴 듯하였다.

그래도 한 가지 나아진 점이 있기는 하다. 또 한 번 이런 일이 있다면, 자신은 망설임 없이 검을 빼어 들긴 할 것이다.

비록 살수는 제대로 펼치지는 못하더라도, 알던 이들, 인연이 닿은 자들을 위해서 움직일 것은 분명했다.

'어중간한 마음가짐이기는 해도……'

그게 지금의 운현으로서는 최선이었다.

"마음이 복잡하기는 한데…… 가장 잘하는 거부터 하기는 해야겠지요?"

"하하. 이제 슬슬 나서주시는 겁니까?"

"해야 할 일을 하는 것뿐이죠."

전생에는 의사였고, 지금에는 의원인 자신이다.

자신이 해야 할 일을 해야 하지 않겠는가. 부상당한 표사들을 치료하기 위해서 움직이기 시작하는 운현이었다.

*　　*　　*

운현은 부상자들 중 가장 급한 자들부터 치료를 시작했다.

가장 먼저 그가 치료를 하게 된 자는 오른쪽 팔에 깊숙하니 화살이 박혀든 표사였다. 산적 중에 용케도 화살을 날릴 줄 아는 자가 있기는 한 듯했다.

"째야겠군요."

상처를 보니 째야 했다.

제대로 째지 않으면 안에 파고든 화살촉에 큰 후유증이 남을 것이 분명하였다. 운이 나쁘면 파편도 있을지 모르니 꽤나 고된 치료가 되리라.

표사도 이를 짐작한 것인지 고통에 얼굴을 찡그리면서도 운현에게 물어보는 것은 잊지 않았다.

"크흐…… 아프겠지요?"

"하하. 마취할 거니까 걱정하지 마세요. 싸울 때는 용맹하시던 분이 왜 그리 겁이 많으십니까?"

그의 물음에 조금이지만 기분이 유쾌해진 운현이다.

무기를 빼 들고, 산적을 용맹스럽게 베어대던 그도 부상에는 걱정이 참 많은 듯했다. 용맹한 모습과 겁을 먹은 모습 사이의 간극이 묘하게 귀여울 정도다.

"그거야 싸울 때 아닙니까? 크흐…… 어서 치료부터 부탁드립니다."

"예. 어서 해야죠. 제대로 치료해 드리겠습니다."

"큽…… 사, 살살요!"

금갑괴공을 만들 때 사용했던 마취약을 이용하여 그의 주위로 바른다.

'이 정도만으로도 고통이 조금은 가시겠지.'

마취제를 사용하고 싶지만 아쉽게도 주사 같은 걸 함부로 쓸 수는 없었다. 한춘석을 통해서 기구가 만들어지긴 했어도 막 사용할 정도는 아니었다.

그래도 혈을 눌러, 마비를 강화하는 정도는 할 수 있으니 다행이었다.

찌이익.

상처를 째기 시작하고 운현이 본격적으로 치료를 하고 있는 상황.

멀리서 산적과 이통표국의 전투를 지켜보고 있던 암행인(暗行人)은 동시에 거칠게 호흡을 내뱉으며 어딘가에 도착을 하고 있었다.

당시의 상황을 전하기 위해서 무리하게 경공을 펼친 탓에, 복면 사이로 보이는 그의 얼굴은 시뻘겋기 그지없었다.

미리부터 그를 기다리고 있던 것인지 오래전에 버려졌음이 분명함 직한 관제묘 앞에는 또 다른 암행인이 그의 앞에 서 있었다.

달려 온 암행인과의 차이라고는 뭔지 모를 작은 문양이 그의 오른팔께에 박혀 있다는 것뿐이었다.

복면 사이로 투시를 하는 것은 불가능할 터이니 문양으로 계급을 정하는 것이 분명했다.

"결과는 어찌 되었는가?"

그는 현재의 결과가 더 중요한 것인 듯, 가타부타 다른 말도 필요 없이 결과부터 물었다.

달려 온 복면인도 그것을 당연히 여겼다. 그가 호흡을 급히 가다듬고 답했다.

"실패했습니다."

"뭐?"

자신이 잘못 들은 것이라 생각을 한 것인지, 짧고 간결한 답에도 다시 되묻는 암행인이었다.

"실패입니다."

여전히 다시 들린 답은 짧고 간결했다.

다시 들으니 확실하였으나, 믿을 수 없는 결과였다. 실패가 용납될 리가 없는 상황이었다.

지금의 임무가 실패해서야 다음이 될 리가 없었다.

설명이 더 필요했다.

"실패. 실패라…… 자세히 설명해 보아라."

"예. 처음의 시작은 자연스러웠습니다. 산적들이 먼저 달려 나가고……."

암행인은 자신의 눈에 또렷이 박아 놓았던 것들에 대해서 설명을 시작하였다.

 생각 이상으로 강했던 이통표국의 무위, 그들이 형성한 방진, 외공을 익힌 듯한 모습까지 묘사를 했다.

 마지막으로 호기신의가 의외로 제대로 무공을 익힌 듯하다는 새로운 정보도 추가되었음은 물론이다.

 멀리서 보았음에도 불구하고 그의 말에는 한 점의 막힘도 없었으며 중요한 핵심만을 콕 집어 설명하고 있었다.

 수분 후, 모든 보고가 끝이 났다.

 설명을 마친 암행인의 보고를 음미하듯이 한동안 아무 말을 하지 않던 암행인이다.

 '실패라…… 처음 공물을 운행한다 하여 가장 쉬운 일인 줄 알았거늘, 이래서야 계획이 어긋나지 않았는가.'

 암행인이 속한 조직의 계획에서 이통표국의 일은 전부가 아닌 일부였을 따름이다. 그들 외에도 이곳 호북의 여러 곳에서는 비슷한 일이 벌어지고 있는 터였으니까.

 허나 한 번에 일을 벌인다고 하여서 허술하니 일을 처리한 것은 아니었다.

 아니, 허술하게 할 리가 없었다.

 아주 오랜 기간 준비하여 지금에서야 움직이기 시작한 것인데 허술하면 그게 더 이상한 일이다.

 '이번 일은 한 점의 티끌도 없이 계획대로 시행되어야 하

는 일이었거늘. 어찌한다…….'

보고를 하러 온 수하는 모를 일이나, 작은 계획의 실행자 정도 되는 그는 현 상황이 아주 좋지 못하단 것을 알고 있었다.

호북성을 중심으로, 아니 호북성 안에서 이루어질 공물행을 중심으로 벌어지는 이번 일들은 꼭 성공해야 했다.

공물을 부수고, 다음에 '그것'들을 투입하게 되면 자신이 해야 할 모든 일처리는 끝이 났을 터.

그사이 벌어지는 간극을 이용하여 조직이 움직이기 시작하면, 남은 일은 오랜 계획 끝에 얻은 과실을 즐기는 것밖에 없었다.

허나 중요한 것은 이번 계획이 실패했다는 것이다.

암행인은 자신의 머리를 뒤져, 이번 계획에서 실패했을 때의 방안을 기억해 내었다. 간단하지만, 가장 기억하기 싫은 방안이었다.

"철수다. 다음 구역에 있는 이들과 합류하도록 한다."

"그럼 그것들은 그대로 두는 것입니까?"

"멍청한! 그래서야 일이 제대로 되겠느냐. 우선은 챙겨 가도록 한다. 우리 조 모두 문책은 피할 수 없을 듯하구나."

"……예. 바로 움직이도록 하겠습니다."

암중모략(暗中謀略)을 행하던 그들의 첫 실패가 이통표국에 의하여 기록되었다.
 그들이 과연 무엇을 원하는지, 어떠한 일을 계획하고 있는지는 모를 일이나 이번의 충돌이 그들에게 좋게 작용하는 것은 아닐 터.
 '계획의 수정이 필요하겠구나. 몹쓸……'
 운현이 항상 바라지 않던 상황. 무림에 있게 됨으로써 생각지도 못한 원한이 만들어 지게 되는 상황이 암중에서 그려지고 있었다.

第二章
누군가 움직이다

대은표국.

마성(麻城)현에서 출발하여 성도 무한까지 공물을 운송한 지 십 년도 더 된 표국이다.

매년마다 공물 운송을 통해서 꽤나 이득을 올렸기에 그 기반이 튼튼하다 할 수 있는 곳이 대은표국이었다.

운현의 아버지 이후원이 명가를 꿈꾸듯, 이들도 언젠가 대형 표국이 되기를 꿈꿔왔던 자들이다.

이번 공물행을 통해서 이득을 어찌 더 올릴까 고민을 하고 있던 때. 그들의 주변으로 심상찮은 기운들이 감지되었다.

"멈춰라!"

대은표국의 표두, 성운영은 노름으로 표두가 된 것이 아닌 걸 증명하듯, 일행 중 누구보다 빠르게 적이 있음을 눈치챘다.

 꽤나 오랜만에 공물행을 노리고 온 자들이다. 낌새를 눈치채고 바로 움직인 것은 좋은 대처였다.

 '십 년 내 이런 일이 없었거늘…….'

 대은표국에서 처음 공물을 맡았을 때야, 이런 일이 많은 편이었다.

 아무리 공물이 위로 올라가는 세금이라고 하더라도, 산적들이 어디 그러한 것들을 따지겠는가.

 공물을 노리면 토벌을 오는 것이야 알고는 있지만, 공물 자체가 가지는 매력이 꽤나 컸다.

 한 현의 세금이 걷힌다는 것은 어마어마한 재산이 모인다는 뜻이기 때문이다.

 공물을 노려 한탕을 하고, 그 뒤에 토벌이든 뭐든 도망만 잘 치면 일평생 먹고 살 수 있는 돈이 생기는 셈.

 상황이 그렇다 보니 대은표국이 초반 신용을 쌓기 이전에는 공물을 노린 자들이 꽤 된 것이다.

 '하지만 근래 들어서라니…… 우리 표국은 잘해 나가고 있지 않았던가.'

 공물을 운송하기 전, 몇 번의 표행 사이에 어쩐지 산적들이 보이지 않나 했더니. 공물을 노리고 있었을 줄은 상상도 하지 못한 성운영이다.

대은표국의 사람들이 멈추어 서고, 숲 안에는 오직 침묵만이 맴도는 상황.

작은 소리라고 하더라도 민감하게 들릴 수밖에 없는 상황에서 약간은 김이 빠졌다는 어투로 소리치는 자가 있었다.

"젠장. 들켰군. 쳐라!"

"우와악!"

방진을 형성하려는 찰나를 노리고 들어오는 산적들이었다.

오랜만의 공격에 대은표국에서 대처가 늦은 것도 있겠으나, 공격을 하는 자의 명령이 시의적절한 것도 있었다.

생각보다 산적들의 수가 많았다. 하지만 그렇다 해서 물러날 수야 있겠는가.

"막아라! 어서! 이번만 잘 막으면 될 것이다!"

공물을 노리고 두 번 공격을 올 리가 없다. 산적들도 이 정도 수가 모이려면, 주변에 있는 산적들이 전부 규합되었다는 것일 터.

이번 공격만 막으면 되었다.

이번 공격만!

산적들과 대은표국이 부딪친다.

어중이떠중이도 잔뜩 모인 듯 각양각색의 무기들을 꼬나 쥔 산적들이다. 개중에는 농기구도 들고 있는 녀석들이 있을 정도다.

'이 정도라면……'

성운영은 산적들의 상태를 보고 막을 수 있을 거라 여겼다. 저들 정도의 수준을 막지 못해서야 표두 직위가 아까울 정도다.

그런데,

"미친…… 약이라도 한 거냐!"

쾌즉.

막았다.

아무런 부상도 당하지 않았으니 분명 막았다 할 수 있을 것이다. 하지만, 힘이 다르다!

고작해야 농기구나 꼬나 쥔 녀석들 치고는 힘이 너무 강하지 않은가.

표두인 자신이야 어찌 막았다지만, 다른 표사들은? 짐을 나르는 게 임무인 다른 쟁자수들은?

"크아아아악!"

"표두님!"

뭔가 이상했다.

살기가 탱천하여 눈이 시뻘건 줄 알았더니, 약이라도 먹은 듯하다. 앵속부터 시작해서 별의별 걸 다 쳐 먹었을 거다.

"씨벌!"

그래도 어쩌겠는가.

'지켜야 한다.'

공물을 잃은 탓으로 표국에서 잘려서 굶어 죽나, 여기서 죽나 같은 신세다.

아니, 여기서 죽을 둥 살 둥 적을 막다가 뒈지면 대은표국에서 가족들이라도 섭섭잖게 챙겨주겠지.

혹시 또 아는가? 잘하면 살 수 있을지도!

개미 떼처럼 달려드는 산적들 사이에서 성운영이 분투를 벌인다.

약을 먹은 자들이 있으나, 무공을 익힌 자는 적다. 이런 자들을 상대하는 요령만 알고 있다면 몇이고 벨 수 있을 것이다.

하나에 목을 베고, 둘에 내장을 가로지른다, 그리고 셋. 더해져 가는 숫자들.

몇이나 베고 또 베었을까.

광기에 차서 한참을 검을 휘두른 그의 귀 사이로 소리가 들려온다.

"생각 이상이군."

"누구? 큽⋯⋯."

퍼석하고 그의 심장에 검이 박혀든다.

유려한 선. 일자무식인 그로서는 그릴 수 없는 검의 선이었다. 무공을 익힌 자의 검이 분명했다.

'……뭔가 있다…… 뭔가 있어.'

그게 그의 마지막 생각이었다.

성운영 나이 31세. 17살, 대은표국의 표사로 시작하여 악바리처럼 위로 올라가던 그가 목숨을 잃었다.

"표두님!"

그를 잃은 대은표국의 사람들이 하나, 둘 무너져 내리고 있었다.

    *   *   *

"이번에는 약을 쓰기를 잘 했군. 기대 이상이야."

"효과는 생각 이상인 듯합니다. 하기야 호북에 무당과 제갈이 있기는 하였으니 다들 무력이 보통은 넘는 듯합니다."

"구파일방이나 오대세가의 저력이란 그런 것에서 나오는 것이겠지."

예의 전에 있던 암행인들 몇이 급히 자리를 잡은 듯 두런두런 모여 있었다. 정식 자리가 아닌 중간보고쯤 되는 듯했다.

모두가 문양을 가지고 있는 것으로 보아하니, 직위를 가지고 있을 터였다.

그들은 자신들이 벌인 일에 대해서 자평을 하듯, 호북성의 지도를 자신들의 문양과 같은 표식으로 가득 채우고 있었다.

그들 가운데에서 가장 상석에 있던 이가 침묵 끝에 입을 열었다.

"문제라면…… 함녕현인가?"

"죄송합니다."

"흐음…… 아니네. 위에서도 실패가 전혀 없을 거라고는 예상하지 못한 것이니 상관없겠지."

"……예."

예상외이니 처벌을 하지 않는 것인가. 암약하고 있는 이들 치고는 꽤나 합리적인 모습이었다.

"다만, 수련동에는 가야 할 것이네, 사제. 그게 규칙이니까."

"대비하고 있었습니다."

"좋네. 먼저 가 보게나."

"명!"

함녕현에서 일을 획책했음이 분명한 암중인이 물러가고, 상석에 위치한 자가 이어서 새로 획책한 일들을 설명하기 시작한다.

"민심이란 것을 이반시키는 것은 어려우면서도, 생각 외로 쉬운 일이기도 하지. 먼저 시작은……."

암중인들이 새로운 일들을 벌이고 있을 찰나.

호북성 곳곳에서 벌어졌던 공물을 상대로 한 혈행(血行)들에 바짝 촉각을 세우는 자들이 있었다.

정파이면서, 각각 구파일방과 오대세가에 속한 무당과 제갈가. 그들은 호북에 있지 않은가.

적어도 그들이 촉각을 세우는 것은 당연했다. 특히 제갈가의 경우 그 어느 곳보다 이번 일을 심각하게 생각하고 있었다.

"구멍이 있네. 생각지도 못한 구멍."

제갈가의 가주 제갈현이 지원당주 제갈민에게 문책하듯이 묻고 있었다. 문책을 하는 제갈현이나 당하고 있는 제갈민이나 표정이 심상찮은 상태였다.

"죄송합니다."

"죄송하다고 될 일이 아니지 않는가. 지난번, 등산현의 일이야 넘어간다손 치세. 그 일은 내가 보아도 예상치 못할 만한 일이었으니 말일세."

"……."

가주는 운현의 존재에 대해서 깨닫지 못했던 것을 이야기함이리라.

그때도 제갈가의 정보를 다루고 있는 지원당은 운현에 대해서 제대로 파악치 못하고 있었다. 워낙 혜성처럼 등장한 운현이니 지원당에서 미리 파악치 못하는 것도 이해는 갔다.

허나 이번 일은 아니었다.

호북성 곳곳에서 산적들이 들끓었으며, 미리 약속하기라도 한 듯 공물들을 노리는 사건이 벌어졌다.

이분지 일 정도는 산적들을 막아 낸 자들도 있었으나, 나머지는 공물을 약탈당하거나, 전멸당한 자들도 있을 정도였다.

대규모로 일어난 일이었으며, 미리 일을 획책하지 않고서야 이런 일이 벌어질 리가 없었다.

문제는 지원당에서 그런 일이 일어나기까지 아무것도 눈치를 채지 못했다는 거다.

운현의 존재 정도야 못 알아채는 것은 이해할 수 있어도 이번 일 만큼은 미리 눈치를 챘어야 했다!

"지원당의 존재 이유가 뭔가? 이래서야 존재 의의가 어디 있냐는 말일세."

"……죄송합니다."

"죄송하면 끝이겠는가? 공물들이 수송되는 그 사이에 있는 산적들을 처리하지 못한 것. 대처하지 못한 것. 그 외의 영향까지. 그 모든 것들을 어찌해야 하냐는 말일세."

"……."

할 말이 없는 제갈민이었다.

가주의 말대로 상황이 좋지 못했다.

공물을 잃은 것으로는 황실의 눈총을 받을지도 몰랐다.

정파를 표방하는 제갈가에서 공물을 함께 지켜주지 않고 무얼 하냐는 힐난을 받을지도 모른다.

민심은 또 어떠한가.

왕족까지는 아니더라도 하나의 세가로서 호북성의 반을 다스린다 자처하는 제갈가다.

그런 제갈가가 있는 곳곳에서 일이 벌어졌으니 제갈가에 믿음을 줬던 호북성 주민들의 민심도 전만은 못할 것이다.

그들이 오대세가라 자처하는 무림에서도 이번 일로 명예가 땅에 떨어질 터.

아무런 일도 벌이지 않고 가만있었음에도, 잃은 것이 많은 제갈가였다. 게다가 시기도 좋지 못했다.

"무슨 말을 해 보게나. 몇 년 내에 있을 무림 대회도 생각을 해야 하지 않겠는가 말일세!"

무림대회가 육 년도 채 남지 않았다.

이렇게 명성이 떨어진 채로 있어 보았자, 몇 년 내로 있을 무림대회에서 망신살이 뻗칠 것이 분명했다.

수습을 해야 했다.
 그곳은 정파인들이 모이는 곳과 동시에 정파 무림인들의 정치판이라 할 수 있었으니까.
 한참을 침묵을 유지하고 있던 제갈민이 조심스레 입을 연다.
 "……방안을 마련해 보도록 하겠습니다. 이번 일로 무당 또한 피해가 컸을 터이니, 그들과 공조하는 방식을 찾으면 그들도 함께 해 줄 것입니다."
 "무당이라……."
 지원당주의 말은 타당했다.
 제갈세가만큼이나 무당파도 피해가 클 터. 같은 입장이니 돕지 않을 이유가 없었다.
 제갈가만이 아니라, 무당까지 나선다면 어찌어찌 이번 피해를 해결해 낼 수 있을지도 몰랐다.
 '그래도 어렵기는 하겠지만…….'
 어쩌겠는가. 제갈가로서는 방법이 없었다.
 "후우…… 그래 보도록 하게나. 어떻게든 방법을 찾게!"
 "예. 꼭. 무슨 수가 있더라도 해결해 내겠습니다."
 지원당주 제갈민이 이번 일을 그의 가슴에 되새기는 듯 입술을 곱씹는다.
 무림대회만을 바라보고 있던 제갈가가 분주해지기 시작

했다.

　　　　　＊　　＊　　＊

　호북성 성도 무한. 등산현이 호북성 남쪽에 치우친 것만큼이나 무한 또한 약간은 남쪽에 치우친 편이다.
　덕분에 운현의 일행은 공물행 중에 꽤 빠른 편으로 성도에 도착할 수 있었다.
　"흥흥하네요. 소문이 돌기는 돌았나 보군요."
　"그런 듯합니다. 하기사 성도이니…… 소문이 더 빠르게 도는 것도 당연하겠지요. 한산하군요."
　보통 공물을 실어 오면 환영하는 자들이 꽤나 있다.
　그들이 공물 외에 가져오는 물건들만 잘 사도 꽤나 짭짤하게 돈을 벌거나, 편의를 얻을 수 있는 덕분이다.
　"한산하다 못해 초상집 분위기인 듯합니다."
　운현의 말대로 분위기가 초상집이었다. 공물을 가져 온 자들에 대한 기본적인 호기심은 보이지만, 분위기 자체가 우중충했다.
　운현이 이곳까지 오면서 들었던 소문 때문인 듯하였다.
　"대체 누가 산적들을 그리 동원했을까요? 마치 약속이라도 한 듯 말이죠."

"흐음. 녹림채를 말하는 자들도 있기는 한데…… 솔직히 제가 보기엔 녹림채라고 하기엔 애매합니다."

"왜요?"

"그들이야 적당히 통행세만 받아도 먹고는 살 수 있는 데다가…… 솔직히 저희가 상대했던 산적들은 녹림채라기엔 부족했습니다."

"확실히 그렇기야 하군요."

산채라 해서 전부 녹림채는 아니다.

중원 전역에 있는 크고 작은 산채들 중에서 괜히 녹림칠십이 채를 최고로 치는 것이 아닌 것이다.

그들은 모두 무공을 익혔고, 그 연원이 아주 오래전부터 이어진 자들이기에 녹림이라고 칭해진다.

그러니 운현이 상대했던 산적들이 녹림채일 리는 없다. 무공을 익힌 자들보다, 익히지 않은 자들이 많았기 때문이다.

"흐음…… 분위기가 이래서야 좋지 못하겠습니다. 토사곽란이 지나간 지 얼마나 되었다고…… 흐유."

"어째 호북에 일이 많이 발생하는 거 같기는 하네요."

"예. 근래에 평화롭기는 하였으니, 뭔가 일이 발생하는 것일지요. 자자, 도착을 한 듯하니 어서 들어가지요."

그들의 앞에 무한의 성주가 머무는 관청(官廳)이 보였다. 목적지에 도착을 한 것이다.

*　　*　　*

성도 관청에서는 조용하지만 끊임없이 사람들이 오고가고 있었다.

그들의 목적지는 모두 한 곳. 황녀를 보필함과 동시에 동창의 정보를 관리하는 자 중에 하나인 영철을 향해서였다.

"곤란하군……. 무언가 있기는 한데. 잡아내지를 못할 정도라……."

많은 전서구. 오고 가는 자들. 그들이 가져온 정보와 자투리와 같은 소소한 사실들.

보기만 해도 머리가 아플 듯한 많은 것들을 조합하고, 구성해 봄으로써 정보를 만들고 취합하는 영철이었다.

가진바 무공은 최고수가 아니더라도, 정보에 관해서는 경지에 오른 그이기에 가능한 재주였다.

헌데 그의 재주로서도 현 상황의 중심을 잡아채지 못하고 있었다. 그만큼 이번 일을 벌인 자들은 은밀했다.

"무언가가 비었는데…… 그래도 목적 정도는 알아낸 것이 다행인가?"

그는 지금까지 얻은 정보라도 보고를 올려보고자 황녀의 거처를 향해서 몸을 움직였다.

"들어오게."

황녀에게 허락을 받은 그가 조심스레 몸을 드러내고는, 예를 올린다. 그 모습이 아주 경건하기 그지없는 것이 황실에 대한 그의 충성심을 대변하는 듯했다.

"모았는가?"

황녀의 목적이 바로 보였다. 이번 일에 대해서 파악했느냐 묻는 것이리라.

"……송구하옵니다. 완전히는 알아내지 못하였습니다."

"완전히는 알아내지 못하였다라……."

"……."

상황이 묘했다.

황녀가 무당에 들르기 위해서 처음 호북에 왔을 때는 토사곽란이 일어났다.

다행히도 호기신의가 모습을 드러내어 희생을 줄였었긴 하다. 하지만 피해를 줄였다 해서 전혀 피해가 없는 것은 아니지 않는가.

치료에서부터 구휼에 이르기까지 수습을 잘하였기에 망정이지, 조금만 삐끗하였더라면 크게 민심을 잃었을지도 모를 일이다.

"흐음. 이번에는 어찌해야 할 터인가."

그렇기에 다시금 호북성에 들른 황녀였다.

여전히 몸이 좋지 않은 어머니를 위하여 무당에 들른 것도 있기는 하다. 그러나 그와 함께 어두워져 가는 호북의 민심을 다스리기 위함도 분명 이유였다.

'민심이 천심인 터. 나의 부덕인가. 아니면 황실의 부덕인가. 모를 일이구나.'

평소라면 이곳을 다시 찾지 않았을 것이다.

황위를 물려받을 것은 아니지만, 황녀 나름으로서의 일이 있기에 그게 당연한 일이다. 보통은 이렇게 자주 움직이지 않는다.

하지만 자신의 어미가 아프다.

그것이 민심 때문인지, 단순히 몸이 약하여 병이 생긴 것인지는 모른다.

'원인을 파악했다면 벌써 치료를 했겠지.'

그걸 모르기에 답답한 마음으로 이곳을 다시 찾은 것이다.

영험하다는 무당파에 들러 기도를 올리기도 하고, 이반된 민심을 다잡음으로써 천심에 기대어 보려는 작은 기대를 안고서 온 그녀인 것이다.

헌데 이번에는 토사곽란이 아니라, 인재(人災)가 일어났다.

호북에 있는 산적들이 문제다.

아니, 평소 있던 산적들보다 많은 이들이 공물을 노렸고,

실제로 많은 양의 공물이 사라진 상태다.

게다가 정보력만큼은 황실 제일이라고 불리는 동창에서까지 누가 이런 일을 벌였는지를 알지 못하는 상황이다.

어디서 어떻게 모였는지보다도 중요한, 누가 지금 상황을 노렸는지를 알 수가 없었다.

적어도 이곳 호북에서는 동창의 정보 체계가 먹통이 된 것이나 다름없는 상황인 것이다.

상황이 이러니 황녀로서는 답답함이 더해질 수밖에 없었다.

"누군가가 민심을 이반시키려 하고 있다. 본녀가 온 것까지 알고 있는 것으로 보아 보통내기들은 아닐 것이다."

그녀가 이곳에 오는 것 자체가 조심스러운 일이었다.

꽤나 비밀스럽게 이어진 일이기도 하였다.

그럼에도 이렇게 공교로운 시기에 일이 벌어졌다는 것은 이번 일에 많은 곳이 연관되어 있음이 분명했다.

"……관청, 문파들부터 시작하여 최대한 찾아보고 있사옵니다."

영철의 말에 황녀가 작게 고개를 끄덕인다. 당연히 그리해야 한다는 태도다.

"호북성 전체를 아우르는 규모로 일을 벌였다면, 그 크기 또한 보통이 아닐 터. 분명 꼬리를 잡을 수 있을 것이다."

"꼭 찾아내겠습니다. 분명 찾아낼 수 있을 터입니다."

"당연히 그리해야 한다. 다만, 그 시기가 늦어지면 크게 일이 벌어질 터이니…… 흐음……."

그녀가 더욱 고민한다.

당하고만 있어서야 황녀로서도, 또한 어머니의 병을 치료하기 위해서 천심(天心)에 기대고 있는 딸로서도 맞지 않았다.

공물들이 사라지고, 많은 이들이 죽어 민심이 수상해졌다면 그것을 수습하는 것이 자신이 해야 할 일이었다.

"이번에 호기신의가 성도에 오기로 되어 있었지 않느냐?"

"예. 금일 내로 도착할 예정으로 알고 있습니다. 이번 공물행 중에서는 가장 빠른 속도입니다."

"그나마 다행인 일이로구나. 피해는 없다고 하더냐?"

"가장 없는 것으로 파악했습니다."

"역시……."

호기신의 이운현.

그를 다시금 이곳 성도로 불러낸 것이 그녀였으니 모를 리가 없었다. 다만 물음으로써 확인을 하려는 것일 게다.

'민심에는 때로 기인이 필요하기도 하는 터. 명의가 되고자 하는 그라면 거절은 하지 않겠지.'

다시금 보게 되는 그를 두고 많은 황녀로서 계책을 마련하는 그녀였다. 기인으로 알려진 그라면 어수선해진 민심을 해결하는 데 도움이 될 터다.
 '……본래부터 시키려던 일이기는 하나, 더더욱 중요한 일이 되었구나.'
 아무래도 그에게 다시금 빚을 져야 하는 상황인 듯하였다.
 그와 인연이 더해지고, 그에게 많은 부분들을 기대하고 있는 참이니 만큼, 또한 많은 부분들을 챙겨줘야 할 터.
 황녀의 고민이 깊어지고 있었다.

第三章
일이 꼬이는구나

"고 표두님. 저 마음에 안 들죠?"

"아니, 아니요. 그게 무슨 소리입니까?"

운현은 생각지도 못한 실랑이를 하고 있었다. 그의 표정을 보자면 설마 이곳까지 와서 그럴 줄은 몰랐다는 태도다.

하기야, 오늘이 무슨 날이던가. 공물을 가지고 들어온 날이다.

분위기야 생각보다 좋기는 했다.

호북성 성주가 알뜰살뜰하니 대해 준 덕분이다. 아마, 공물을 가지고 온 다른 표국이었더라면 이런 분위기는 가지지 못했을 게다.

어디까지나 성주는 아득히 높이 있는 자이고, 공물을 가져오는 표국이야 성에 있는 수많은 표국들 중 하나일 따름이니까.

토사곽란을 치료한 공과 황녀와의 인연이 없었더라면 이런 분위기는 절대 없다, 이것이다.

그 덕분이었을까? 고 표두가 생각지도 못한 짓을 했다.

"아니…… 적어도 오늘 같은 날은 휴식을 좀 취해야 하는 것 아닙니까? 예? 그런데도 수련이라니요?"

"일일신 우일신이라는 말이 있습니다. 하루하루 달라지려면 무인으로서 수련은 당연히 해야 하는 것이지요!"

오랜만에 가시 돋친 운현의 말에도 고 표두는 녹록하게 물러나지 않았다.

당연히 해야 하는 일은 한다는 태도다.

하기사, 무림이 무공을 닦지 않고서야 달리 할 일이 무에 있겠는가. 표두가 이러는 것도 당연했다.

허나 상대는 운현이었다. 평소라면 모를까 적어도 오늘만큼은 수련을 쉬고 싶었던 운현이다.

"그러면 고 표두님이 해 보시든지요? 오늘따라 날도 춥단 말입니다."

"춥기는요! 허허…… 이거 참. 도련님은 무공만 관련되면 게을러지니 문제입니다. 제가 젊었을 적에는……."

"……또 그때 이야기를 하시려는 건가요? 후으…… 젊었을 적이라고 해봐야 저랑 한 살 정도 차이 나는 어릴 적 아닙니까? 몰라요. 오늘은 배 째시지요."

안 그래도 황녀가 직접 자신을 직접 이곳으로 오라 했다 들었다. 토사곽란의 일로 자신에 대해서 반감보다는 호감이 많을 것이라는 것은 당연히 알고 있는 그였다.

허나 신분의 차이가 어디 보통이던가. 성주와 표국 사람으로서의 신분 차도 어마어마하건만, 황녀라니!

자연스럽게 긴장이 되는 것은 그도 어쩔 수가 없었던 것이다. 그런 상황에서 수련을 하자고 하다니.

비유하자면 어디 추운 섬에 가서 물에 떨어져 잠수라도 하라고 말하는 것과 다르지 않지 않은가.

'휴우…… 그렇게 되어서야 몸이 남아날 리가 없지. 아무리 무공 수련이라고 하더라도 말이지.'

물론 반쯤은 스승이나 다름없는 고 표두에게 자주 이럴 수는 없었다.

아무리 그래도 그는 표국이 작을 때에도 의리로 이곳을 지켜줬던 이이니까. 정이 없을 수가 없다.

그래도 오늘만큼은 정은 정이고, 수련은 수련이다.

"오늘만큼은 넘어가지요, 표두님. 아직 심적으로 정리도 되지 않았단 말입니다."

물론 이것도 이유다.

아직은 산적들과 맞붙었던 때의 그 기분을 완전히 떨쳐내지 못한 상태였다.

고 표두도 젊었을 적, 처음 실전에서 마음을 떨었던 바가 없지 않았다. 그렇기에 그도 운현의 마음을 이해하고 달래듯 말하였다.

"허어 참. 어차피 하실 일을 하는 것이라 몇 번 말씀드리지 않았습니까? 그리고 이럴 때일수록 더더욱 수련을 해야 하시구요."

"고 표두님이 맞다는 건 압니다. 그래도 일단은요. 일단은 돌아가면 열심히 하도록 하겠습니다."

"그렇게까지 하신다면야…… 알겠습니다. 우선은 넘어가도록 하지요."

"……감사합니다."

"뭘요. 오늘은 먼저 물러나도록 하겠습니다. 쉬시지요."

"예. 내일 뵙겠습니다."

오늘은 어르고 달래도 안 될 것이라고 여긴 듯했다.

되려 수련을 거부한다는 것에 대해 괘씸한 마음보다는, 어떻게 해야 첫 실전에서의 감정을 떨칠 수 있을지를 걱정하는 표두였다.

'잘하시겠지. 그래도 이 내가 처음 실전을 겪을 때보다는

훨씬 나으시니까…….'

그가 물러나고, 표행 동안에 가지지 못했던 혼자만의 시간을 아주 잠시 가질 수 있게 된 운현이었다.

*　　*　　*

기의 연구.

약학에 더해서 의학에 이르기까지 그가 연구하고자 하는 바는 많지만, 그의 가장 큰 연구 과제라 할 수 있는 것이 바로 기 연구다.

운현은 왠지 모르게 심란하기도 한 마음을 비우고자 마음먹었는지 공물행에도 챙겨 온 기 연구에 대한 자료를 꺼내 들었다.

"흐음…… 오래 연구한 거 치고는 꽤나 간소하기는 하네."

기에 관한 연구보다는, 함께 가져온 약학에 관련된 자료가 수배로 많았다. 약학의 경우 수치적으로 기입해야 하는 자료가 많기에 더욱 그러한 것이리라.

"묘한 게 현대보다는 지금의 약효가 더 강한 거 같기는 하단 말이지. 덕분에 한의학도 좀 더 효과적으로 사용되는 거 같고. 으흠……."

잠시 기와는 상관없는 생각을 하던 운현은 약학에 대해서 더 몰입하다가는 기 연구를 하지 못할 것이라 여겼다.

순식간에 옆에 있던 약학 자료를 한켠으로 치우고는 기에 관한 자료부터 살펴보는 그였다.

"으흠…… 기는 몸을 강건하게 하고……."

기는 몸을 강건하게 하며, 초인에 가깝게 만들어 준다. 기는 몸을 보호하여 준다. 사용하기에 따라 많은 힘을 낼 수 있는 것이 기이다.

여러 가지 그가 써 놓은 기에 관한 정리가 그의 눈을 거쳐 지나갔다. 그리고 이내 가장 마지막에는.

"선천진기…… 으음……."

단 네 글자. 선천진기라는 것에 눈이 갈 수밖에 없었다. 기 연구에 관해서는 최근 그의 가장 큰 화두가 선천진기였다.

'단순히 몸을 강건하게 하는 것이 아니라 항생제의 효과까지 있었단 말이지.'

단 사 년의 내공. 아니, 자소단을 흡수하고 난 뒤에는 이 년에서 삼 년의 내공이면 토사곽란에 걸린 자를 치료하는 데 아주 유용했다.

우연이 낳은 기적치고는 꽤 대단한 녀석이랄까? 부작용도 거의 없었다는 점까지 생각하면 어지간한 항생제보다도 더 나은 게 선천진기였다.

선천진기에 관해서만 잘 연구를 해도, 어지간한 연구는 필요 없을지도 모를 정도다. 그만큼 선천진기는 상상 이상의 것이었다.

"문제는 이게 아무리 생각해도 실마리도 잡기 힘들다는 건데······."

많은 의문들이 그의 머리를 스쳐 지나간다.

선천진기는 단순히 보통 기보다 서너 배의 힘을 가졌기에, 항생제의 역할을 하는 것일까?

하기야 선천진기가 아닌 보통 내공을 가진 자도 이십 년 내공 정도를 가지면 토사곽란에 면역이 있었다.

아주 연관이 없지는 않을 것이다.

항생제의 역할 외에도 의술에 쓰일 만한 예는 많지 않을까?

이를테면 진기도인에서부터 시작하여 여러 분야에 이르기까지 응용만 잘 하면 많은 환자를 치료할 수 있지 않을까?

"흐음······ 모든 게 물음이로구만. 답이 없어."

당장에 책상머리에 앉아서 연구만 하는 것보다는 환자를 치료하면서 얻을 것이 더 많을지도 모를 상황이었다.

머리로 아무리 고민을 해 보아야, 머리로 고민이 끝날 뿐인 듯하였다.

"차라리······ 경지라도 높아지면 기에 대한 이해도라도 더 높아지려나. 모를 일이군."

무공 수련도 빼먹고서는 홀로 연구를 하겠답시고 앉아 있지만, 근래에 들어서는 기에 관하여 얻는 바가 없는 그였다.

그의 내심이 답답해져 가고 있는 그때.

"의원님. 계십니까?"

언젠가 한 번쯤은 들어 보았음 직한, 목소리가 들려왔다.

"누구신지요?"

"영철입니다. 황녀님의 무사지요."

"아아……."

역시. 그를 이곳에 오게 하는 것에는 무슨 이유가 있었던 것이 분명했다.

　　　　　*　　　*　　　*

화운청(火雲廳).

성주가 머무는 곳보다도 더 화려해 보이는 곳이다. 본래부터 성주의 숙소였거나, 황녀를 위하여 마련한 곳임이 분명하였다.

'꽤 고풍스럽구나.'

그 안에 처음부터 자신의 자리였다는 양, 묘한 매력을 뽐내며 자리를 지키고 있는 황녀가 있었다.

"왔구나."

운현이 예를 올리자 자연스럽게 예를 받는 황녀였다.

'못 본 사이에 그 외모가 더욱 피어난 듯하네. 핏줄이 달라서인가…… 으흠. 게다가 분위기도.'

이제는 제법 신분제에 적응을 한 운현이라지만, 그 본 바탕은 전생의 모습에 있었다.

하지만 황녀의 모습을 보고 있노라면, 약간의 위화감과 함께 황족은 역시 다르기는 하구나 하는 생각이 드는 운현이다.

어려서부터 사람을 다스리기 위한 교육을 받은 자들은 뭔가 다르기는 했다. 특히나, 황녀처럼 그녀만의 신념이 있는 자는 더더욱 그러했다.

'지금 느끼는 어색함도 시간이 지나면 사라지기는 하겠지.'

좀 더 많이 보면 이 어색함도 사라질 것이다.

운현을 일견한 황녀는 이야기를 꺼내야 한다 여긴 듯했다.

"전혀 새로운 것을 가지고 왔다 들었다."

"이미 알고 계신 것인지요?"

공물에 관한 것인가.

"그러하다. 기인이 가져왔다고 하니, 기대가 생기더구나. 한번 보았으면 하는구나."

온갖 금은보화, 기화요초를 보고 자라왔을 그녀다. 운현이 가져온 것이 아니었더라면 호기심도 생기지 않았을 터.

그녀에게 있어 운현은 기인이다.

그렇기에 그가 가져 올 물건에 관한 기대감이 커지는 것은 그녀로서도 어쩔 수가 없었다.

'혹시 몰라 챙겨오기를 잘 했군.'

운현은 영철에게 눈짓을 하였다. 이곳에 오기 직전, 이런 일이 있을 것을 예감하고 영철이 가져오도록 부탁했었다.

영철은 황궁의 눈칫밥은 공으로 먹은 것은 아닌지, 작은 눈짓임에도 용케 상자를 가져다 황녀에게 바쳤다.

영철에 대한 믿음이 확실한 것인가, 아니면 이미 확인이 되었다 여긴 것인가.

상자 안에 자신에게 위해를 가할 것이 있을지도 모르는데도, 황녀는 상자를 대범하게 집어 들었다.

딸칵.

급히 만든 것임에도 한춘석이 잘 만들어 준 것인지, 맑은 소리를 내며 열리는 상자였다.

"호오…… 긴 원통이라. 이것이 무엇인고?"

그녀가 잔뜩 호기심이 어린 눈으로 운현을 바라본다. 묘하게 매력 있는 눈빛에 빠져들 법도 하건만 운현은 오직 묵묵히 답을 할 뿐이었다.

"이름은…… 망원경(望遠鏡)이라 합니다."

"망원경이라…… 멀리 보인다는 것인가."

"그러합니다."

"호오……."

운현이 알기로 19세기 중엽이 되서야 금속 대신 유리로 거울을 만든 것으로 알고 있었다.

현미경을 만들다가 함께 만든 것이기는 하지만, 유리를 이용한 망원경 자체가 이곳에서는 처음일 터다.

"사용은 어떻게 하는 것인가?"

"얇은 쪽에 눈을 가져다 대시고, 원통을 조종하여 배율을 조절하시면 멀리 있는 것도 가까이 보일 것입니다."

현대의 망원경에 비하면 배율도, 거울로 비치는 투명도도 불투명하기 그지없지만 그것으로도 이 시대에는 충분했다.

"그대의 말대로라면 신기하기 그지없는 물건이로고. 영철."

"예."

단순히 이름을 불렀을 뿐임에도, 영철이라는 자는 조심스레 황녀의 정면에 있는 문을 열어 보였다.

별말이 없음에도 용케 알아듣고 움직이는 것을 보면, 그녀가 무엇을 원하는지 평소 잘 파악을 하고 있는 듯했다.

"이렇게 하면 되는 것이냐?"

"예!"

어색한 손놀림이지만 그녀는 운현의 설명대로 망원경을 조작했다. 그리 어려운 방식도 아닌지라 어색하기는 해도 금방 초점을 맞춰내는 황녀였다.

그리고 이내 그녀의 눈에는 저 멀리 있는 많은 것들이 크게 보이기 시작하였다. 밤이지만, 그것으로도 충분하였다.

그녀는 자신의 속내를 가감 없이 표현했다.

"……대단하구나. 대단해."

약간이 아니라 많이 놀란 듯하였다.

하기사, 현대의 것에 비해서 부족하기는 해도 전에 없던 경험이 아니던가. 그녀가 놀라지 않는 것이 더욱 이상하였다.

얼마의 시간이 지났을까?

처음에는 흥분을 감추지 못한 그녀였지만, 평소 몸가짐으로 돌아오는 데는 그리 긴 시간이 걸리지는 않았다.

"귀물이구나. 귀물이야."

"과찬이십니다."

"정말 귀한 것을 받았구나. 황제 폐하께서도 보시면 흡족하실 만한 것이니라."

그 정도인가. 하기야, 이런 것이라면 능히 황제에게도 진상이 될 만한 물건이다.

'이거 괜히 진상한 건가? 공물로 받쳐질 만한 것이기는 해도 황제까지 관심을 가질 만한 것인 줄은 몰랐는데……'

앞으로는 좀 조심해야겠다 여기는 운현이었다. 괜히 황실에 연이 깊어지기만 해 보았자, 그로서는 좋을 것이 없었다.
"호호. 걱정하지 말거라. 내 그대와 같은 기인은 얽매임이 싫다는 것은 아는 터. 잘 처리를 해 주겠노라."
그런 그의 마음을 용케도 잡아채는 황녀였다.
"……감사드리옵니다."
"당연한 일이다."
역시 아래 사람을 부리는 것을 자연스레 배우면서 나고 자란 황녀. 남의 마음을 읽는 데 있어서는 이미 군주감인 듯했다.

황녀는 분위기가 무르익었다고 여긴 것인지, 이내 공물에 대한 이야기가 아닌 다른 이야기를 시작하였다.
"좋은 공물에. 좋은 사람이로구나. 내가 왜 부른 것인지 짐작은 하였느냐?"
"솔직히 못 하였사옵니다."
공물까지가 짐작의 끝이다. 그 이상을 짐작해 내기에는 그로서도 무리가 있을 수밖에 없었다.
'아무래도 사람 속 읽는 건 쉬운 일은 아니니까 말이지.'
그래도 뭔가 이유가 있어 부르기는 했을 것이다.
"본녀를 그대가 도와주었으면 하는구나?"

"제가 도울 수 있을 일이 무엇인지요?"

"뻔하지 않은가. 의술일세."

아아. 설마 자신의 어머니를 치료하기 위해서 부르기라도 하는 것인가? 황후가 아픈 것이야 이미 들어 알고는 있지만.

'무리다. 아직은 확실히 무리지.'

그의 생각대로 확실히 무리였다.

아직 한의학을 대성하지도 못 했을뿐더러, 대성 자체가 어려운 것이 한의학이다. 대성할 수준이라면 황의(皇醫)를 해도 진즉에 했다.

"……부족한 소인이옵니다. 황실의 황의들에 비하면 발끝만도 못한 실력인 것을 이미 아시지 않사옵니까?"

"흐음…… 그대는 자신의 능력을 너무 낮게 보는 경향이 있구나."

"죄송하옵니다."

황녀는 진심으로 그리 생각하는 듯했다. 그녀가 보기에 그는 기인이며 동시에 신비로운 자일 수밖에 없었다.

그런 자가 실력이 낮을 것이라는 생각이 들지 않는 것은 당연했다.

"되었다. 이번의 일은 그대가 생각하는 그런 일이 아니니라."

"……"

이해가 되지 않은 운현의 눈에 물음표가 그려진다. 그녀 어머니의 일이 아니라면 과연 무엇이겠는가?

"본녀의 어머니와 관련은 있되…… 그대가 북경에 갈 일은 아니다. 그대가 황궁에 갈 일은 없다는 말이다. 다만, 발품은 좀 팔아주었으면 하는구나."

"발품이라 하심은……."

"본녀는…… 어머니의 병세가 본녀의 부덕함 때문이라는 생각을 하곤 한다."

"그럴 리가 없사옵니다."

누군가의 병이 부덕함 때문에 생기다니. 더더군다나 자식인 딸 때문에 병이 생기다니.

운현이 보기에는 말도 안 되는 소리다.

허나 황녀의 눈빛을 보고 있노라면, 그녀는 진심으로 그리 생각을 하는 듯했다.

"아니다. 많은 것들이 황실의 일로 쌓이고, 또 쌓였느니라. 멀리는 마교라는 곳조차도 사실 황궁의 부덕 중에 하나인 터."

"……."

그녀의 말에 감히 답을 할 수는 없는 운현이다. 순간 말을 잘못하기에 따라서, 역적 죄인이 될 수 있기 때문이리라.

황녀도 그의 대답은 기대치 않은 것인지 자신의 말만을 이어나갈 뿐이었다.

"황녀의 몸으로 그리 생각해서는 안 되나…… 부덕함에 어머니가 병이 생겼다는 생각이 계속 드는 것은 어쩔 수 없구나."

"……."

"부덕인 것이겠지. 부덕의 소치."

여전히 답을 못 하는 운현을 바라보며 그녀가 자조 어린 미소를 짓는다.

"후후. 그래서 부탁을 하려고 한다."

아름답기는 하였으나, 운현보다도 더욱 어린 그녀가 지을 만한 미소는 아니었다.

"무슨 부탁이신지요."

"그대가 원하는…… 명의라는 자리에 어울릴 수도 있는 부탁이다. 다만, 그대가 많이 힘들 수도…… 귀찮을 수도 있는 것이니라."

대체 무엇이기에 이렇게 뜸을 들이는 것일까? 그녀와의 대화가 계속될수록 답답함과 함께 안타까움이 생기는 운현이었다.

그녀가 보여줬던 자조적인 미소에 더더욱 그런 마음이 들고 있는 그였다.

"……소인이 가능한 것이라면 당연히 따를 것입니다."

"고맙구나. 이 부탁에 대한 은(恩)은 내 언제고 갚을 것이니라. 자귀현에 가 줄 수 있겠는가?"

"자귀현이라 하심은…… 아아."

설마 그런 부탁이었던 건가?

그녀가 그녀답지 않게 뜸을 들인 것도 이해는 갔다.

그곳에 가게 되면…… 이 시대의 사람들로서는 감히 접근조차도 쉬이 못 할 사람들이 기다리고 있으리라.

현대에서 왔던 운현으로서도, 정확히 어찌 옮겨지는지 모를 병에 걸린 자들이 살아가는 곳이 바로 그곳이니까.

"그대 역시 알고 있구나."

"예. 하늘에 죄를 지은 자들이 얻는다는 병, 천병(天病)에 걸린 자들이 있는 곳이지요."

"그러하다. 그런 곳이지……."

천병이라니.

말도 안 되는 소리다.

하지만 의학 지식이 부족하며, 많은 미신이 남아 있기도 한 시대에 살아가고 있는 자신이지 않은가.

안타깝고, 말도 안 되는 소리이나, 어쩌면 이 시대에는 그것이 당연한 생각일는지도 모를 일이다.

"본녀는…… 어쩌면 그곳에 있는 자들이…… 본녀가 낳은 부덕함 때문이 아닌가도 생각을 한다. 어쨌거나 황실이 다스

일이 꼬이는구나 69

리는 곳에 살아가는 자들이지 않더냐."

"……아니옵니다. 그 병은……."

문둥병이다. 현대에서도 어찌 전염이 되는지는 모르나, 전과 다르게 치료는 할 수 있는 병이다.

"기인은 무언가 아는 것이냐?"

"……많은 것은 모르오나. 적어도 황녀님이 말하는 부덕함 때문에 걸리는 병은 아님을 아옵니다."

"좋게 생각하여 고맙구나. 후후."

결코 하늘에 죄를 지은 자들이 걸리는 병이 아니다. 그들은 그곳에 갇혀 있을 이유도 없을뿐더러, 황녀가 말하는 부덕함의 소치도 아니다.

그들은 그런 대우를 받아야만 하는 자들이 아니다. 다만 환자일 뿐이다. 그것이 죄가 될 수는 없었다.

그걸 알기에 운현은 안타까운 마음을 가질 수밖에 없었다. 또한 그렇기에.

"……이번 공물행이 끝나면, 잠시지만 그들에게 들러보도록 하겠습니다."

"고맙구나. 고마워."

운현은 그녀의 자조 어린 미소를 바라보며, 그녀의 부탁을 들어줄 수밖에 없었다.

第四章
홀로 움직이기 시작하다

'모든 이들을 치료할 수는 없다. 아무리 선천진기가 항생제 역할을 한다고 해도 무리일지도…….'

문둥병 혹은 천병. 나병. 여러 가지 명칭이 있는 병이지만 현대에서의 공식 명칭은 한센병이다.

현대에서도 어떤 경로로 감염이 되는지를 모르는 병이다. 치료약은 개발하였으나 그 특유의 증상 덕분에 여전히 꺼려 하는 자들이 많은 병이기도 했다.

그런 병이 나도는 곳을 운현에게 가 보라 말한 황녀였다.

그녀도 치료까지 바라지는 않았다. 기대가 전혀 없는 것은 아니지만, 거기까지는 무리라 생각하는 듯했다.

황녀에게 있어 천병이라는 건, 고칠 수 없는 병으로밖에 보이지 않을 테니까.

다만 고통 받는 그들을 운현이 가서 보듬어 주기를 원했다. 그들이 조금은 더 사람답게 살 수 있을 환경을 만들어 주길 원했다.

비록 황녀의 부탁이긴 하지만, 결코 쉽지만은 않은 부탁이었다. 이 시대에 그런 병들은 금기와도 같은 병이니까.

특히 운현의 어머니의 경우 평소라면 하지 않았을 반대까지 할 정도였다.

"정말 가야만 하겠니? 황녀님께 네가 잘만 말을 하면……."

어머니.

그 이름 석 자에 담긴 의미가 보통이겠는가. 때로 자식을 위해 목숨을 버리기도 하는 자가 어미라는 사람들이다.

아무리 황녀의 부탁이라 하더라도 운현의 어머니는 나병이 주는 꺼림칙함이 먼저였다.

그녀로서는 자신의 귀한 자식인 운현이 그곳에 가는 것을 흔쾌히 허락할 수가 없었다.

"어머니. 이미 부탁을 들어드리기로 하였습니다."

"그래도…… 아무리 그래도…… 위험한 곳이잖니?"

눈물까지 짓는 어머니다. 평소 운현이 무엇을 하든 믿고 맡기는 그녀이지만 오늘만큼은 그게 안 되는 듯하였다.

가끔 그녀가 이렇게 고집을 부리곤 하면 운현으로서도, 어찌 할 바를 몰랐다. 그나마 있는 구원군이라면,

'아버지.'

어머니의 반쪽, 아버지다. 그의 눈짓에 짐짓 가만히 침묵을 지키고 있던 이후원이 나선다.

그로서도 운현이 자귀현에 가는 것이 마음에 들 리가 없었다. 하지만 이미 황녀의 부탁을 들어준다 말했다 하니 어쩌겠는가.

'사내가 자신이 한 말은 지켜야지…… 후우.'

굳이 남아일언중천금이라는 말을 가져다 붙일 필요도 없었다.

군자는 아니나 한평생을 꼿꼿하게 살아온 이후원으로서는 아들 운현이 부탁을 들어 줘야 한다는 생각은 변함이 없었다.

"이미 황녀 전하의 부탁을 들어드린다 하지 않았소. 보내야 하지 않겠소? 이미 공물행을 다녀온 지가 일주는 지났지 않소."

"그렇지만요! 그렇지만……"

평소 이후원의 말이라면 껌뻑 죽는 그녀지만 이번 일만큼은 물러나기 힘든 듯하였다.

하기야, 성도에서 돌아온 지가 벌써 일주일이다. 그 일주일 내내 자신을 묶어 두고 보내주지 않는 어머니였다.

'어머니……'

그녀의 마음을 이해하지 못하는 것은 아니지만, 이제 슬슬 출발하기는 해야 할 것이다.

일에는 때라는 것이 있는 법이니까.

황녀 측에서 재촉을 한다거나 하는 것은 아니었지만, 이쯤 되면 움직여야 했다.

"먼저 들어가 보거라. 채비를 하도록 하고. 어미랑은 이 아비가 이야기를 마저 하여 보마."

"예에……."

멀어지는 운현의 뒤로 어머니의 목소리가 크게 들려온다.

"여보! 안 된다고요!"

"어허…… 당신도 그만하게나. 이래서야 운현이 좋게 갈 수 있을 리가 없지 않겠는가."

서로 소리를 올리며 다툼을 벌이지만, 그 바탕에는 운현에 대한 부모로서의 사랑이 어려 있었다. 단순한 부부 싸움이 아닌 것이다.

그런 부모의 마음을 헤아리지 못할 운현이 아니기에, 그로서는 무거운 발걸음을 옮길 수밖에 없었다.

'쉬이 보내주시는 게 무리인 일이긴 했지. 휴우……'

* * *

밤잠을 설쳤다는 말이 맞을 수밖에 없을 것이다.

이십 년이 넘는 선천진기로 단전을 채우고 있는 운현이지만, 오늘만큼은 피로했다. 육체적 피로가 아닌 정신적 피로였다.

"흡…… 잘 다녀와야 한다. 조심, 또 조심하고!"

"예. 그리하겠습니다."

"꼭!"

운현의 손을 맞잡고 있는 그녀는 밤사이 아버지의 어떤 설득을 받은 것인지, 끝끝내 그를 보내는 것을 반대하지는 않았다.

다만 걱정스러운 눈빛을 하는 것까지는 어쩔 수가 없는지, 눈가에 눈물이 그렁그렁 맺혀 있었다.

이 모든 것이 어머니의 모성이며, 사랑이었다.

"예. 꼭이요! 건강히 다녀오겠습니다."

그런 그녀의 사랑에 운현은 괜히 쭈뼛거리며 답을 하여 준다. 이런 애정 표현에는 여전한 어색함이 남아 있는 운현이었다.

"다녀오거라."

"예."

아버지의 인사를 마지막으로 몸을 움직이기 시작하는 운

현이었다.

"그럼 가 볼까나……."
수십 명의 사람들이 함께하던 공물행 때와는 다르게, 이번 치료행은 홀로 움직이게 된 운현이었다.
쟁자수나, 일반 표사들이 꽤나 꺼려한 덕분에 홀로 가게 된 것이다.
물론 같이 가고자 한 이들도 있었다. 고 표두를 필두로 하여 본래부터 이통표국을 지켜 왔던 표두들이 그 주인공이다.
"하하. 이거 저라도 같이 가 드립니까요?"
"됐어요. 안 그래도 표국에 일도 있고…… 요즘 시국이 시국이라고 하지 않습니까?"
"그렇기야 하지요. 끝끝내 공물행에 성공한 자들이 적기는 하였으니까요."
많은 표국이 공물행에 실패하였다.
공물이란 것을 달리 말하면 세금이지 않은가.
공물을 제대로 운송치 못한 표국들이나, 공물을 받지 못하여 올해의 세금을 어찌 처리해야 할지 막막한 성주나 내심이 편할 리가 없었다.
다행히도 무언가 상황이 꼬여가고 있다는 것을 미리 인지하고 있는 황녀 덕분에 일은 그리 커지지는 않고 있었다.

"어떻게든 폐하께 잘 이야기를 드려보아야겠지. 그게 내가 해야 할 일이지 않겠느냐."

돌아가기 전 그녀가 운현에게 했던 언질이다.

그 언질대로, 이제는 북경으로 돌아가 있을 그녀가 어떻게든 황제에게 상황을 설명하여, 일을 수습하고 있는 것이리라.

'위에서도 열심히 움직이니, 나도 열심히 움직여 봐야겠지.'

이번 생에서는 처음 해 보는 단출한 여행길이었다.

환자들이 있는 곳으로 가는 것이나, 아직 도착을 한 것도, 처참할 수도 있는 병자들을 본 것도 아니기에 그의 마음은 조금이나마 가벼웠다.

"당장에 급한 환자들은 없다고 언질을 하였으니까…… 조금은 유랑하는 느낌으로 움직여도 되려나."

유유자적하지는 않으나 조금은 여유롭게 몸을 움직이기 시작하는 운현이었다.

*   *   *

'기본만 충실해도 아프지 않을 자들이 많은데…….'

제대로 씻지 않는다. 제대로 먹지를 못한다. 덕분에 영양 공급이 충분치 않으며, 위생 상태도 좋지 못하다.

중원 대부분의 곳이 그러했다. 이곳에서는 그게 당연한 이야기였다.

'하기사…… 현대에도 영양실조는 비일비재했지.'

많은 이들이 생각지 못하지만 현대에도 영양실조는 비일비재했다.

생활고, 바쁜 와중에 때우지 못한 끼니 등 이유는 많았지만 중요한 것은 생각 외로 제대로 끼니조차 챙기지 못하는 자들이 많다는 거다.

현대도 그러할진대 이곳이라고 해서 다를까. 더 심한 것이 당연했다.

그나마 그가 있는 등산현은 다른 지역에 비해서 구휼도 더욱 신경 써서 받은 데다가, 그의 아버지 이후원이 베푼 바가 많았다.

배 곯는 자가 아주 없는 것은 아니지만 좀 더 적다는 소리다.

게다가 토사곽란 이후로 운현의 발언권이 높아진 덕분에 위생 상태도 조금은 더 나아졌다.

의방에 오는 환자, 보는 자들마다 기회가 닿는 대로 위생의 중요성에 대해서 설파를 하니 조금이나마 나아진 것이다.

'뭐 내 기준에서는 택도 미치지 못하기는 하지만…….'

그래도 덕분에 주변 다른 현들에 비해서 운현이 있는 곳은 아픈 자들이 더 적었다. 위생이 그만큼 중요한 것이다.

그런 자들을 발길이 닿는 대로 보다 보니, 치유할 자들이 넘쳤다. 아니, 부족했던 영양 상태를 보충해야 한다가 더 옳았다.

"가, 감사합니다."

"아닙니다. 급하다고 해서 그냥 드시지는 마시고, 꼭 미음으로 만들어서 먹어야 합니다."

"암요! 꼭 그리하겠습니다."

자신은 성자도 아니며, 명의라고 하기에는 아직 부족했다.

허나 충분히 갖춘 것이 있다 한다면 측은지심(惻隱之心) 정도였다. 아픈 자를 치료할 능력을 조금은 갖추고 있으니 나선 것이다.

헌데 한 명, 두 명 치료를 하다 보니 이게 보통 일이 아니게 되었다.

마을을 이동할 때마다 환자들은 어디에나 넘쳐났다. 급한 환자들만 치료를 해 준다고 하더라도 그 수가 결코 적지 않았다.

"휴우…… 다음이요."

현대에서도 의료 봉사를 전혀 해 보지 않은 것은 아니지만, 이 정도는 아니었달까. 무공을 익힌 그이지만 꽤나 고생스러울 수밖에 없었다.

화아악!

"급한 불은 꺼 놓았습니다. 당분간은 몸조리에 신경을 쓰도록 하시고…… 으음…… 끼니는 이것 좀 챙겨가시지요."

"감사합니다!"

그나마 다행인 것은 현대에는 없던 선천진기를 다룰 수 있다는 것이다. 선천진기는 항생제의 역할도 하면서, 동시에 사람의 몸을 강건하게 하였다.

이 년 내지 삼 년의 내공만 잘 주입을 해줘도, 어지간한 환자는 당장 응급치료 정도는 할 수 있을 정도였다.

그래도, 역시 내공이란 것이 무한은 아닌지라 몇몇 환자를 치료하다 보면 선천진기를 전부 소모하는 것은 어쩔 수가 없었다.

'누군가 수발을 들 자들이 필요하기는 하군…….'

손이 모자랐다.

조금 더 많은 의원, 조금 더 많은 보조, 현대에 있던 간호사와 같은 이들이 있었다면 좀 더 치유가 편했을 것이다.

'방법을 생각해 보아야겠군.'

많은 환자를 보고 치료를 했으며, 자귀현까지 홀로 움직이며 많은 환자를 보게 된 운현이다.

그가 의학, 약학, 기 연구에 이어서 새로운 것을 궁리하기 시작했다. 단순한 연구가 아닌, 실제로 많은 이들을 치료하기 위한 방안에 대한 궁리였다.

그가 한 의료 행위는 선이다.
대가를 바라지도 않았으며, 오직 사람을 살려주겠다는 측은지심의 발로였다.
그가 한 일은 그의 입장에서는 별거 아닐 수 있는 일이었으나, 그의 치료를 받는 사람들의 입장에서야 어디 그러할까.
"그분이 그…… 호기신의라고 불리는 분이었다고 하던데?"
"그 역병 사태 때, 기인?"
"응. 처음에는 못 알아봤는데…… 알고 보니까 그렇다고 하더라고! 함녕현에서 온 왕가가 확인을 해 주던데?"
"역시! 처음 치료를 해 줄때부터 귀인이라고 생각이 들더라니!"
그가 원하는 것은 아니라 할지라도, 그의 명성이 올라가는 것은 당연했다.
호기신의 외에 다른 어떤 별호가 만들어지거나 하지는 않았지만, 새로운 별호가 생기지 않아도 충분했다.
그가 지나가는 지역. 그가 움직이는 곳. 그의 은혜를 받은 자들은 그를 칭송함에 주저함이 없었다.

운현이 치료를 해 준 것에 재물로써 은혜를 갚을 수는 없기에, 그를 칭송함으로써 그 은혜를 갚고자 하는 것이리라.

 칭송을 받으니, 호북에 있는 많은 자들이 그에 관해서 신경을 쓰는 것은 당연한 이야기였다.

*　　*　　*

 호북에 도가를 기원하여 만들어진 무당이 있다 하지만, 크고 작은 암자(庵子)가 있는 것은 당연했다.

 다른 종교를 배척하지 않는 도교이기에 그 수가 결코 적지만은 않았다.

 그러니 제갈공명이 은거를 했다 일컬어지는 의창현 가까이에도 암자가 여럿 있는 것이 어색할 리가 없었다.

 되려, 그들이 보여주는 민심 덕분에 의창현에서는 무당파가 멀리 있지 않음에도 불교가 꽤나 성행하였다.

 의창현에서도 불심이 깊기로 소문이 난 지주스님이 머무른다는 암자, 형운사(荊雲寺).

 그 안에는 평소 지주스님과 함께 있을 동자승을 제외하고도 많은 이들이 자리를 틀고 앉아 있었다.

 그 수가 족히 스물은 넘는지라, 작은 암자가 꽉 차 있는 듯한 느낌이 들 정도였다.

그들은 주지스님, 상인의 행색을 한 자, 무사의 행색을 한 자, 낭인의 모습, 부자와 거지. 각양각색의 모습을 한 자들이었다.

새로운 손님들이 왔음에 그 시중이라도 들어야 할 동자승은 뭐가 그리 피곤했는지 암자의 한편에서 잠을 청하고 있었다.

아무리 잠귀가 어두운 자라고 할지라도, 안이 이렇게 꽉 찼는데도 일어나지 않고 있는 것을 보면 무언가 이상하였다.

허나 안에 있는 자들은 동자승의 어색한 모습조차도 이미 자연스러운 것인지 둥그렇게 둘러 앉아 자신들만의 일을 진행할 따름이었다.

인자롭다고 소문이 나 있던 주지스님이 인상을 잔뜩 찡그린 채로 말한다.

평소 그의 깊은 불심과 인자함을 생각하면, 그의 찡그림이 무섭게 느껴질 정도다.

"호북에 민심을 이끄는 자가 있더군."

"끌어 올린다고 표현하는 것이 맞을지도요. 하핫."

유쾌한 듯한 낭인 사내. 사내는 뭐가 그리 신이 났는지, 다들 심각한 와중에서도 주변을 힐끔대며 실실대고 있었다.

상인의 행색을 한 사내는 낭인 사내의 뭔가가 마음에 들지 않는 듯 주의를 주었다.

"정 사제. 자중하게나. 자리가 자리이지 않은가."

"하하. 알겠습니다. 알겠어. 평소처럼 조용히 있지요."

"크흠…… 호기신의 때문에, 이 사제도 수련동에 들어갔으니, 자중을 좀 하게나."

사형제의 관계였던 것인가. 게다가 수련동을 말하는 것으로 보아, 이들은 공물행을 노렸던 암행인일지도 몰랐다.

그렇다면 서로 하고 있는 행색은 다를지라도 이들의 인연은 분명 깊은 관계였다.

상황을 살펴보던 부자 사내가 말한다.

"소문에 듣기로, 요즘 떠오르는 표국의 사람이라고는 하더군. 이번에 공물도 가장 먼저 가져다 바쳤다고 하이. 뭔가 있긴 한 것이지."

"허…… 그것을 왜 이제 이야기하는가?"

역시 상인 사내다.

"알잖은가. 내 역할은 어디까지나 임사제와 같이 탐색. 하지만 정체를 드러내서야 좋은 꼴은 못 보지."

"그렇게 수신(守身)만 하다가는 일을 그르칠 수 있다고 하지 않았나."

"허허…… 자네는 항상 진지하기만 해서 문제일세. 내 대의(大意)를 잊지는 않았으니 걱정 말게나."

"흐음…… 그렇게까지 말한다면야…… 어쨌든 중요한 것

은 우리로서는 꽤나 문제가 되는 자라 이거군? 별호가 호기신의라고 하던가?"

"그렇지! 참 재미있는 별호일세. 후후."

호기신의라.

운현을 말함이 아니겠는가. 이들은 무엇을 대의로 삼고 있길래 운현에 대해서 이야기를 하는 것일까.

깊은 산의 작은 암자, 자연스럽지 못한 동자승의 행동, 통일성 없는 모습, 수상한 대화.

그 모든 것을 보고 이야기를 하노라면 저들이 하고자 하는 바가 결코 깨끗한 일은 아님을 알만하였다.

그들은 자신들의 의뭉스러운 모습에 대해서 아는지 모르는지 대화를 계속해 나아갔다.

이번에는 거지 사내였다.

사내는 개방에 속한 자인지, 매듭이 매어져 있었다. 두 개의 매듭으로 보아하니 이결이다.

"표국에 표사들을 모을 때부터 조짐이 이상하기는 했네. 평소 하지도 않던 일을 하기는 했지."

"하지 않던 일이라 함은······."

"표사를 모집하겠답시고, 크게 일을 벌인 것은 다들 알지 않은가? 방을 붙이고, 뒷조사까지 하더군. 일을 워낙 크게 벌려서 이결인 내 귀에까지 소문이 들려오더군."

본디 이결 제자는 문파로 치면, 평문파원 정도다. 자격이 되지 못하니 그리 많은 것을 알지 못할 수도 있는 등급인 것이다.

그런 그의 귀로도, 표국에서 있었던 의뢰에 대한 내용이 들어갈 만한 상황이니, 확실히 지난번 표사 모집으로 벌인 일의 여파가 크다는 반증이었다.

"그 효과가 대단한 듯하여서, 다른 현의 표국들도 따라 해 보려고 할 정도라더군. 자본이 안 돼서 따라하지는 못했지만 말이지. 킬킬."

"흠…… 다른 표국들이 바로 따라 할 정도라면…… 보통은 아니라는 거군. 주시는 당연하겠고. 그보다는 먼저…… 그 신의라는 녀석을 처리해야 할 터."

"들기로 무슨 부탁을 받고 움직였다더군. 목적지가 자귀현이라던가?"

별거 아니라는 듯 말하지만, 지주는 이미 운현의 목적지를 파악하고 있을 정도였다.

지주 스님은 이 자리에 모인 자들이 가진 정보통 외에도 다른 정보통을 가지고 있음이 확실했다.

다른 자들은 그가 다른 정보통을 가졌다는 것이 이상하게 여겨질 법도 하건만 여전히 자연스러운 태도를 유지하였다.

되려 지주의 정보라면 신뢰해도 될 것이라 여기고 있는 듯하였다.

그때 가만히 침묵만을 지키고 있던 학자가 나섰다.

"자귀현이라…… 신의이고, 공물행을 다녀왔으며, 성도에는 황녀가 있었지. 모든 것을 종합하여 보자면……."

그는 이미 오래전에 죽은 제갈공명을 흠모라도 하는 듯, 제갈공명이 하였던 아주 오래된 복식을 하고 있었다.

오래된 기풍의 의복을 입고 있는 것만큼이나 그 목소리가 신중해 보였으며, 듣는 이에게 믿음을 심는 듯하였다.

"황녀의 명을 받아 자귀현의 천병 걸린 자들을 치료하려 하는 것인가? 재밌군."

"킬! 그거 재밌군. 황녀가 자신의 부덕 때문에 지 어미가 병에 걸렸다고 여긴다더니, 그게 사실인가 보군!"

"확실히…… 이제 와서 그런 일을 해 보았자 무슨 소용일까. 이미 그 부덕함은 세상이 다 알지 않는가."

다른 사내들도 거지처럼 학자 사내의 말에 동의를 표하는 것인지 작게 고개를 끄덕였다.

지주 사내가 다시 나섰다.

"그렇다면 복잡할 것도 없겠군. 민심을 끌어 올리는 자는 대의에 어긋나는 자. 게다가 황실의 명까지 받은 듯하니……."

"처리를 해야겠지. 이왕이면 깔끔하게…… 아니, 그에게 어울리는 계획으로."

"그때 사용하지 못하였던 '그것'들이라면 어떤가? 천병에 걸린 자들을 도우러 가는 신의. 그럼에도 부정한 것에 목숨을 잃는다면……."

"황녀. 나아가서는 민심에 치명타가 가해지겠지."

"좋군. 바로 실행하도록 하게나. 정 사제, 자네가 나서주겠는가?"

"하하. 호미로 막을 것은 가래가 아니라 저 같은 호미로 막는 것이 좋겠지요. 알겠습니다."

"킬킬. 적재적소라고 칭하라고. 어쨌든 우리 중에서는 정 사제가 가장 자유로우니까."

그것들이 무엇인지는 몰라도 좋은 것은 아닐 터. 그들이 무언가를 획책하며, 운현을 노리는 것은 확실하였다.

같은 시간.
"으음…… 정말, 정말 우연이라고 생각하는 겁니까?"
"예."
"하아……."
운현은 생각지 못한 실랑이를 벌이고 있었다.

第五章
함께 도착을 하다

 황제의 명은 지엄하다.
 황제까지 갈 것도 없이 황족의 명령만 되어도 지엄하다. 그것이 설사 부탁이라 할지라도 마찬가지다.
 때문에 운현의 어머니도 끝끝내 운현을 보낼 수밖에 없지 않았던가.
 아버지 이후원의 설득도 설득이지만, 역시 황족의 부탁이라는 것이 주는 무게감 덕분도 있었을 것이다.
 헌데 대체 저 여인은 무슨 생각으로 이곳까지 온 것인지를 모르겠는 운현이었다. 아니 어찌 따라오려고 하는지를 모르겠다.

'우연이라고 하기에는 걸리는 바가 많다.'

남궁세가의 남궁미.

본인의 말대로라면 일이 있어 호북으로 왔고 어디까지나 우. 연. 히 자신과 마주했다고 한다. 말이 되는가?

아니 이 세상 천지. 세상까지 갈 것도 없이 호북성 하나만 하더라도 얼마나 넓은가.

중원이 예로부터 대국이라 불리기도 하는 이유는 다른 이유로 말할 것도 없이, 어마어마한 인구수에 있지 않았던가.

성 하나만 하더라도 그 인구가 수십, 수백만은 그냥 넘어간다!

그런 상황에서 정말로 우연히 자신과 마주한다?

'호북성까지야 무슨 일이 있어 올 수도 있다. 전에도 자신의 아버지와 함께 호북에 왔었으니까……'

호북까지 공교롭게 온 것이야 이해를 할 수 있다.

자신은 호북의 남쪽에 치우친 등산현에서 출발을 하였고, 지금 그녀를 마주한 곳은 당양(當陽)현이지 않은가.

거리상, 그녀가 본래 있던 남궁가에서 먼저 출발하지 않았더라면 볼 수가 없다는 소리다.

그러니 공교롭게도 시기가 맞지 않았더라면 그녀는 결코 호북성에 있지는 않았을 것이다.

여기까지는 우연이다. 우연.

하지만 호북성에서 움직이는 시기는 맞물릴 수가 있어도, 함께 만나는 것까지는 확률이 너무 낮지 않은가.

'모래밭에서 바늘 찾기보다 더한 확률인데 이건……'

공교롭게 같은 시기에 출발을 하고, 드넓은 성의 한 가운데에서 만난다는 확률. 현대에서 로또를 사도 최소 두 번은 당첨될 확률은 아닐까?

전날 밤.

말도 안 되는 확률임이 분명함에도 그녀는 여전히 전과 같은 침착한 표정으로 우길 따름이었다.

"정말로 우연입니다."

"아니, 그게 될 리가 없지 않습니까?"

"진실입니다."

그녀는 이 우연히 진실이라 말했다. 못 본 사이 물이 오르다 못해, 만개한 미모 때문에라도 괜스레 믿음이 생길 만도 했다.

때로 남자란 족속들은 여인의 미모에 홀딱 넘어가 무조건적 맹신을 하기도 하니까. 괜히 미인계가 있는 것이 아닌 것이다.

허나 운현은 호락호락하지가 않았다.

"차라리, 제가 황녀님과 봐서 뭔가 알아낼 게 있다거나 그도 아니면 제가 다른 볼일이 있다거나 그런 이유면 믿을 만 합니다마는…… 우연이라 하기에는 좀."

"……대 남궁가는 그런 이유로 움직이지 않습니다."

자존심이 상한 듯 정색까지 하는 그녀다.

"하아…… 정말 말도 안 되는……."

"우연입니다. 진. 실. 로."

벌써 반 시진에 가까이 같은 대화를 해 왔던 그와 그녀다.

안 그래도 밤이 늦어 있는데, 상황이 이쯤 되니 아무리 운현이라고 하더라도 지칠 수밖에 없었다.

"그래요. 우연이라고 하죠. 우연. 굉장히 작위적인 우연인 거 같기는 합니다마는……."

"정말 진실입니다."

지친 운현으로서는 이쯤 되면 물러날 수밖에 없었다.

'그래…… 내가 환생을 할 확률이라는 것도 어마어마한 확률일 터인데…… 우연히 만난 것일 수도 있겠지. 그래…….'

운현은 그리 생각하면서 그날 밤, 그녀와의 논쟁에서 벗어났었다. 반쯤은 도망을 친 거라고 봐도 무방하리라.

그리고 전날 밤의 이튿날 아침이자 바로 지금.

말도 안 되는 우. 연으로 만나기는 하였으나, 일단 그것이야 넘어간다고 치자. 그런데 이 다음은 또 뭔가?

"먼저 가시지요. 저는 알다시피 자귀현으로 가야 하는지라……."

"같이 가지요."

말도 안 되는 동행을 하자고 한다.

그가 가는 곳이 어디인지를 알면서도, 또한 그곳이 이곳 사람들의 상식으로는 위험하다는 것을 알면서도 막무가내다.

게다가 일면식이 있기도 한 남궁가 무사 영훈의 경우는 어떤 설득을 당한 것인지, 다른 남궁가 무사들과 따로 움직일 채비까지 하는 것이 아닌가.

'이게 무슨……'

이대로라면 둘이서, 자귀현까지 가야 할 판이었다.

"제가 그곳에 가는 이유는 병을 치료하기 위함입니다. 소저께오서는 의학과는 인연이 없지 않습니까?"

의학 지식도 모르니 물러나라는 소리다.

"……저는 남궁가의 무인입니다. 인체의 기본은 알고 있습니다."

"아니, 기본을 아는 것과 치료를 하는 것은 다른 문제이지 않습니까?"

"도움이 될 겁니다."

"……."

그녀가 있으면 도움은 될 것이다.

무공을 익히기 위해서 배운 것이라 해도 인체에 대한 지식이 있으면, 간단한 외상 정도는 치료할 수 있게 된다. 약을 바른다든가, 어긋난 뼈를 맞춘다든가 하는 식으로.

하지만 그건 일반적인 외상 상황을 말하는 것이지 않은가.

지금 그가 가는 곳은 나병에 걸린 자들이 있는 곳이다.

'나병을 치료할 수 있다 자신하고 가는 것은 아니다.'

황녀도 치료를 하는 것까지는 바라지 않는 듯했다. 다만 천병이라고 불리는 병에 걸린 그들에게 작은 도움이나마 주기를 원하였다.

그것이 황족이 낳은 부덕을 치료할 수 있는 길이라 황녀는 여기는 듯했다.

운현으로서는 그 생각에 동의는 할 수 없었으나, 그 뜻은 높이 여겨 황녀의 부탁을 들어 자귀현으로 움직이고 있는 터.

그야 위험하다고도 일컬어지는 자귀현을 향해서 움직일 만한 충분한 동기가 있다지만, 남궁미는 그게 아니지 않은가?

그런데도 동행을 한다고 하니 운현으로서는 속이 탈 수밖에 없었다.

"도움과는 전혀 다른 문제입니다."

"그래도 갑니다."

이쯤 되면 운현으로서도 직설적으로 물어볼 수밖에 없다. 그가 전에 없이 쏘아붙이듯 물었다.

"대체 왜 저를 따라오려고 하는 겁니까? 예?"

"호기심입니다."

"예? 호기심이요?"

"예."

남궁미는 침착한 평소의 성미와 다르게 길게 말을 이어 나가기 시작했다.

"처음 치료를 하던 그때의 그 모습. 다시 한 번 진실로 우연하게 만나게 된 만남. 호기신의라 불리는 자의 행적. 그 모든 것들이 궁금합니다."

"……예?"

이건 숫제 운현 자체에 대해서 궁금하다는 말과 다르지 않지 않는가. 조금만 다르게 해석을 하면 반했다는 말일 수도?

운현이 잠시 멍해져서 되묻자 그녀가 다시 대답한다.

"그대가 궁금합니다."

"하아……."

논리적인 이유라면, 다른 논리를 들어서 깨부수면 된다. 힘으로 우격다짐을 하려 한다면 도망을 치든 대련을 벌이든 할 것이다.

하지만 이건 논리적인 것도, 힘의 논리도 아니었다.

단순히 호기심이라니.

'호기심이 고양이를 죽인다고는 하지만······.'

그만큼이나 때로 호기심이라는 것은 그 어떤 논리, 이유보다도 강력하기도 하다. 설득이 전혀 되지 않는다는 것이니까.

아마, 그녀는 운현이 거절을 한다고 하더라도 어떻게든 따라 오리라. 뻔히 예상되는 상황이다.

그렇다면 차라리 앞에 두고 작은 통제라도 하는 것이 나았다.

"휴우······ 알겠습니다. 대신! 가서 꼭 제 말을 들어야 합니다. 알겠습니까?"

"예!"

환하게 웃는 그녀의 표정에, 상황을 잊고 잠시지만 넋을 놓는 운현이었다.

'요물일지도······.'

그와 그녀가 우연찮은 동행을 하게 되었다.

* * *

당양에서 자귀현까지는 그리 멀지 않았다.

애당초 그가 목표로 하던 곳은 정확히 자귀현의 중심이 아니라 자귀현의 먼 어귀이자 당양과 자귀현의 경계였다.

병에 걸린 사람들이 모이는 곳이다 보니, 현의 중심에서 보다 멀어질 수밖에 없는 것이다.

'현대에서도…… 그러기는 했지.'

병은 죄가 될 수 없다.

곧 있으면 당도할 곳에 있는 자들도 결코 죄를 지은 자들이 아니다. 단지 아픈 사람들일 뿐이다.

다른 이들은 몰라도 적어도 운현만큼은 진심으로 그리 생각하며, 안으로, 좀 더 안으로 들어갔다.

이름도 없는 그곳으로.

"음……."

저걸 제대로 된 집이라고 할 수 있는가.

처음 운현이 그곳을 접하자마자 든 생각이었다. 오래전에 만들어진 것 같은 몇 개의 가옥들을 제외하고는 집이라 불리기에 민망한 것들뿐이다.

지붕이 뚫린 것들 천지다. 지붕이 있는 것, 그마저도 지붕이 제대로 만들어지지 않아 비바람을 막을 수 있을지 의문이었다.

벽은 또 어떠한가?

금이 간 것은 쉽게 눈에 띄었고, 당장에 무너질 만한 것들도 꽤나 많이 보였다.

그들이 생활하는 곳 근처에 있는 밭과 논은 그나마도 제대로 관리가 안 된 듯 풀이 무성한 곳도 보였다.

'일손이 부족한 거군……'

초기에는 잘만 치료를 하면 완치를 할 수 있는 병이 한센병이다.

허나 이곳에서는 그런 치료가 될 리가 없었다. 나병의 치료에 쓰이는 항생제도 없으니 당연한 이야기다.

'간단한 항생제도 없으니…… 당연한 것이겠지.'

마을 주변을 바라보는 것으로도 이곳에 있는 자들의 상황을 대강 파악한 운현은 무거운 마음을 안고서 더욱 안으로 들어갔다.

이제는 마을 어귀가 아닌 마을의 중심에 다다라 있는 그와 그를 따라온 그녀다.

"역시나……"

"의원님의 예상대로군요."

낯선 이가 마을에 왔으니 한 사람이라도 나올 법도 하건만, 그들의 주변으로 오는 자들은 아무도 없었다.

다만 금이 가 버린 벽 사이로 보이는 여러 시선들만 있을 뿐이다.

'가끔…… 그들을 괴롭히는 자들도 있었겠지.'

아픈 그들에게 돌을 던지는 건 예삿일일 것이다. 죄를 지었다며 노골적으로 괴롭히는 자들도 많았을 것이다.

때문에 병에 의한 육신의 아픔이 아닌 마음의 아픔도 생겼을 터. 그를 경계하기 이전에 겁부터 먹는 것도 예상했던 반응이었다.

운현은 그런 이들에게 바로 다가가기보다는 차라리 마을의 중심에서 마을의 가장 끝 어귀로 움직였다.

그러고는 짐에서 미리 준비하였던 현수막과 같은 커다란 천을 꺼내어들고는 적당한 나무에 묶는 그였다.

단 네 글자.

의료봉사(醫療奉仕).

왠지 을씨년스럽기도 한 마을의 분위기에 어울리지 않는, 천이 마을 끄트머리에서 나부끼기 시작한다.

"시작을 해볼까요?"

"예."

그는 가장 먼저 자신이 머무를 곳을 만들기 시작했다. 임시거처다. 대단한 수준이 될 필요는 없었다.

나무들을 가져다 대고는 그 곁으로 미리 가져온 천을 둘러, 꽤나 큰 천막을 만들었을 뿐이다.

환자를 받을 생각으로 만들었으니, 바닥에도 천을 깔고는 최대한 위생을 신경 쓴 것은 당연한 이야기다.

'이거보다 더 나은 것을 만들고 싶기는 한데…… 일단은 이게 최선이겠지.'

최상만을 추구하기보다는 당장에 할 수 있는 것을 하는 게 더 나았다. 그게 전생을 겪고 있는 그가 가지고 있는 삶의 지혜 중에 하나였다.

"보자. 다음은…… 으음……."

운현은 고 표두와 있을 때의 장난스럽던 표정은 전혀 짓지 않은 채로, 진지하게 주변을 살피고 있었다.

전생에서 의료 봉사는 몇 번이고 나갔었던 운현인지라, 이때에 자신이 해야 할 일이 뭔지는 이미 알고 있었다.

'낯설음부터 없애는 것이 가장 좋은 일이지.'

그는 곧 자신이 해야 할 일을 찾았다.

"농사를 도와야겠네요. 잘은 모르지만요."

"농사요?"

"예. 가까워지려면 그들에게 필요한 일을 하는 게 가장 빠르니까요."

운현은 그녀의 대답을 듣지도 않고는 풀이 무성한 밭을 향해서 걸음을 옮겼다.

"……가까워지는 일."

그런 그를 뒤에서부터 바라보고 있던 남궁미는 그의 말을 한번 중얼거려 보고는, 이내 그를 따라 가기 시작하였다.

'……해 보자.'

그가 무슨 밑그림을 그리고 움직이는지는 몰라도 일단은 그를 따라해 보려는 듯했다.

* * *

농사.

고래로부터 전해지는 그것을 의사였던 그가 할 수 있을 리가 없지 않은가. 현생에 와서도 농사와는 인연이 없던 그다.

'그래도 잡초 정도는 밭에 있으면 안 된다는 거 정도는 알고 있지.'

다행히도 그가 잡초를 없애려는 밭은 감자밭이었다. 익숙한 밭이라는 소리다.

감자 정도야 이파리만 봐도 무엇인지 알 수 있는 덕에 잡초와 감자 정도는 구분이 됐다. 그 정도 상식은 있었으니까.

"으차! 이거 안 쓰던 근육을 쓰니 색다른 느낌이군요."

"으음……."

보람은 아직 없다. 뭘 얼마나 했다고 보람이 생기겠는가. 다만, 어떻게든 일을 한다는 의욕은 충만했다.

한 걸음, 아주 작은 한 걸음씩 다가가고 있는 운현이었다.

"뭘까요…….."

"누구일지…….."

바깥에 있는 이들에게 들릴까 조심스레 속삭여보는 이들은 모두가 같은 특징을 가지고 있었다.

나병.

혹은 호북에서는 천병이라 불리는 병을 가진 자들.

대부분이 오래도록 병을 가지고 있었던 것인지, 상태가 좋지 못한 자들이 많았다.

개중에는 나병의 진행이 더딘 자도 있기는 했다. 하지만 그들마저도 초췌해 보이기는 매한가지였다.

운현이 지금까지 오면서 보아온 대다수의 양민들이 그러하듯이 영양이나 위생 상태가 좋지 못한 덕분이다.

그들 중에서 헤지기 전 의복만큼은 고급이었을 것이 분명함 직한 이들도 몇이 있었다.

"으음…… 지켜보면 알겠지."

"그래도 해코지하려는 자는 아닌 거 같은데."

그들은 진중하며, 조심스럽게 금이 난 벽 사이로 보이는 바깥을 살펴보고 있었다.

그들 중에서도 가장 유심히 운현과 남궁미를 바라보고 있는 자가 있었으니.

'대체 무엇을…… 게다가 남궁가 자제도 있지 않은가. 흐

음…….'

 촌장이라 불리지는 않는다. 하지만, 반쯤은 마을의 촌장처럼 대우를 받는 장준원은 그날 밤이 다 가도록 운현을 바라보고 또 바라보고 있었다.

"역시 한참이 걸리긴 하네요."
"예. 확실히요."
 벌써 며칠이나 밭일을 했을까.

 운현에 대해 겁을 얼마만큼 먹은지는 몰라도 그들은 며칠째 운현의 앞에 나타나지를 않았다.

 다만 운현이 잠이 들 때쯤에는 조심스럽게 감자밭의 감자를 챙겨 간다거나, 창고로 보이는 곳에서 식량 등을 챙기고는 했다.

 운현에 대한 두려움을 떨치지는 못하였으나 더 굶주릴 수는 없으니 끼니를 챙기려 움직이는 듯하였다.

'오늘 하루도 여전하려나…….'
 어차피 몇 달은 잡고 온 일정이었다. 급할 것이 없다는 소리다.

 게다가 그리 지겹지도 않았다. 아침에는 연공을 하고, 낮에는 밭일을, 밤에는 적당한 수련으로도 하루는 충분히 갔다.

 때때로 남궁미와 나누는 무림에 대한 이야기는 유익하다

고까지 할 정도.

 비록 여러 연구를 하지 못하는 것은 마음에 걸리는 바가 있기는 하였으나, 사람을 치료하기 위해 온 것이지 않은가.

 그 정도야 감수해야 했다.

 "오늘은 이만 마무리를……."

 슬슬 밤이 다가오고, 수련이나 할 마음을 먹으며 오늘의 하루를 마무리하려는 찰나. 누군가가 다가왔다.

 "음?"

 병에 걸린 지 얼마 되지 않은 듯한 모습. 나쁘게 표하자면 꼬장꼬장해 보이는 자이나, 좋게 보자면 선비처럼 꼿꼿해 보이는 모습을 한 자였다.

 다가오는 이는 환자라고 하기에는 학문을 닦는 학자라고 보는 것이 더 어울릴 듯한 자였다. 몸은 환자일지언정 대쪽 같은 사람이었다.

 마을에서 촌장처럼 대우를 받고 있는 장준원이다. 그가 운현을 향해 다가왔다.

 "무엇을 얻고자 온 겐가?"

 그는 보이는 바대로 단도직입적이었다.

 "얻으려 하는 것이 있겠습니까? 다만, 부탁을 받고 왔습니다."

 "부탁인가?"

본래 병에 걸려 이곳에 오기 이전에는 그 신분이 낮지만은 않은 자였는지, 그는 운현에게 하대를 함에도 자연스러웠다.

"예. 부탁입니다. 황녀 전하의 부탁이었지요."

"허어…… 황녀 전하라. 이런 곳에서 그런 단어가 나올 줄은 몰랐군."

"하지만 사실이지요."

"흐음……."

그는 조금이지만 놀란 듯하였다.

하기야, 황녀라는 말이 나왔는데 놀라지 않을 자는 이곳 중원 천지에 몇 되지 않을 것이다.

그에게 진심을 전할 방법이라고는 하나뿐. 바로 눈빛이다. 그렇기에 운현은 진심을 담아 그를 바라보았다.

한참을 두고 마주하던 둘. 결국 먼저 항복을 하는 쪽은 장준원이었다.

"그래. 황녀 전하를 의미하는 무엇도 없지만…… 그대의 말이 사실이라고 침세. 그렇다면 무슨 부탁을 받고 왔는가?"

"의원으로서의 방문입니다."

"의원이었는가? 설마 천병을 치료할 수 있는 것인가?"

희망을 버릴 수는 없었던 것인가. 하지만 아쉽게도 운현은 자신이 나병을 치료할 수 있을 거라고는 말하지 못했다.

"……천병을 치료하는 것은…… 장담할 수 없습니다."

"허허…… 역시 그런가. 어렵기는 하겠지. 하기야 많은 의원들이 포기를 했으니 말일세."

장준원은 이곳에 오기이전 치료를 위해서 많은 시도를 해본 것인지, 이미 결과를 알고 있다는 태도였다.

여전히 유지되고 있는 꼿꼿함과는 다르게, 조금은 자조적인 모습이기도 하였다.

"그렇다면 의원으로서 무엇을 치료하고자 왔는가?"

"역시 치료입니다. 나병…… 아니 천병은 치료하지 못해도, 다른 많은 병들을 함께 갖고 계시지 않습니까?"

"허허…… 그렇기야 하네만……."

천병만이 문제가 아니다.

천병만이 문제였더라면, 이 사람들이 이곳에 있을 이유가 없었다. 다른 많은 문제들이 산적했기에 이곳이 이렇게 쥐죽은 듯 살아가는 것이다.

'모든 것을 할 수는 없겠지만 그래도 최선을 다해 봐야지.'

그곳에 운현이 나섰다.

第六章
움직이기 시작하다

"허헛. 치료라…… 어디 한번 해 보게나."
"감사합니다."
"내 다른 이들에게는 말을 해 보겠네."
"감사합니다, 어르신!"
허락의 말이 떨어졌다.
예상보다도 더 빠른 허락이었다. 바로 앞에 있는 자가 아니었더라면 시간이 더욱 걸렸을 게다.
"그냥 장 아저씨라 부르게나. 이곳에 와서 들어보니 그게 가장 좋은 호칭이더구먼. 허헛."
"예. 장 아저씨."

꼿꼿하되, 자신의 꼿꼿함을 앞세워 다른 이들을 부리는 자는 아닌 듯하였다. 좋은 사람이었다.

그렇게 운현은 밭일보다는 치료를 위해서 움직이기 시작하였다.

"우선은 기본부터······."

이 기본이라는 것은 항상 해 왔던 일이다.

먹고, 자고, 싸고, 씻고. 이 네 가지만 잘하여도 대부분의 사람은 건강하게 살 수가 있다. 상식이자, 진리다.

운현은 그것부터 시작했다.

"돈은 충분히 받은 게 있습니다. 다만, 가져다줄 사람이 필요하니······ 이 정도는 부탁할 수 있겠지요?"

"직접 오지는 않더라도, 가까이까지는 가지고 올 겁니다."

"그 정도면 충분합니다."

"그럼 저는 전서구를 날리고 오겠습니다."

가세가 상승하고 있는 이통표국이라지만, 아직까지 부족한 바가 많았다. 호북에 있을 뿐이지 호북 전체를 아우를 수는 없었다.

허나 남궁미가 나고 자란 남궁세가의 경우에는 호북이 근원지는 아니나, 물건을 전달해 주는 정도는 쉬웠다.

그들의 거대한 영향력과 그동안 쌓아온 인맥 덕분이다.

'뭐 언제고…… 우리 가문도 그리 될 수 있으려나?'
꿈같은 이야기기는 하다.
하지만, 지금의 속도로 나아간다면 몇 대가 흐르고 또 흘러 거대한 가문이 될 수 있지 않을까 상상을 한번 해 보는 운현이었다.
'실제로 그리 된다면 좋기는 하겠군. 사람들 치료하는 것도 수월해지기도 하겠고.'
어째 바라는 것들, 연구해야 하는 것들만 쌓인다고 생각하며 몸을 움직이기 시작하는 운현이었다.

생필품, 음식과 같은 것들은 남궁가를 통해서 구하기로 하였으니 그 다음은 치료다. 큰 병이 아닌 작은 병에서부터 치료를 해야 했다.
"우선은 다들 평소보다 식사량을 늘리도록 하시지요."
"그렇게 하다가는 얼마 안 남은 것도 금방 떨어질 걸세. 그때가 되면……."
"남궁가를 통해서 구해 올 겁니다. 그러니 안심하고 드시지요."
"그렇다면야, 내 그리 움직이도록 함세."
알맞은 영양을 공급하는 것이 그 첫째였다. 먹는 것이 해결되는 것이다.

'일회성으로 그치면 안 되니 확실히 해야겠지.'

둘째는 그들에게 힘을 북돋아 주는 것이다.

많은 약재를 가져 온 것은 아닌지라, 당장에 체질에 맞는 보약은 해 줄 수 없는 터. 허나 이가 없으면 잇몸으로라도 때워야 하는 법이다.

"장 아저씨부터 먼저 시작을 하시지요. 우선은 누우시고……."

"진기도인이라도 하려는 건가?"

대체 이곳에 오기 전에 장준원은 무엇을 하고 살았던 것일까?

그의 지식은 양민들을 넘는 해박함이 있었다. 이곳에 오기 전 분명 한 자리쯤 차지하고 있었을 게다.

"무림에 관한 지식도 있으셨던 겁니까?"

"소싯적의 호기심이라네. 한번 보여주게나. 의원의 진기도인이 어떤지 궁금하긴 하군."

스으으.

운현은 자신이 가진 선천진기로 장준원의 몸을 보하여 주기 시작했다.

삼 년 내지 사 년의 내공, 그것만으로도 잠시지만 그의 체력을 보하여 주는 것은 충분했다. 선천진기가 괜히 선천진기가 아닌 것이다.

"몸이…… 마치 예전 같군. 허…….."
"어디까지나 임시처방입니다. 아쉽게도 평생 그것이 갈 리는 없지요."
"허허. 그리 될 리 없는 것은 알고 있다네. 기란 자연으로 돌아가는 것이니까. 그걸 억지로 하는 게 별모세수 같은 것 아닌가."
"조금 다르지만, 맞는 말이시긴 하네요."
자연으로 돌아간다라.
'하기는 쉽게 쌓였다면 아픈 자들의 수가 꽤나 줄기는 하겠지.'
선천진기가 조금만 더 오래 환자들의 몸에 남아준다면, 더 많은 이들을 쉽게 치료해 줄 수 있을 게다.
그리되면 천하의 나병이라고 해도 치료가 가능할 터다. 하지만 아쉽게도 그러한 것은 불가능했다.
'그래도 항생제 역할을 해서인지 뭔가 반응이 있는 거 같기는 한데…… 미진하단 말이지. 모르겠군.'
치료가 될 리는 없었다. 다만 무언가 묘한 느낌이 있기는 했다.
"흐음…… 급한 와중에 나부터 치료를 해 준 것은 연유가 있는 것이겠지?"
"예. 장 아저씨의 뒤부터는 나이가 젊은 사람들을 치료해 줄 겁니다."

"젊은 사람들부터란 말인가?"

"예. 응급한 분들이야 이미 봐 주었으니 문제는 없을 테고. 그분들과 함께 일을 해 주셔야 하니까요."

괜히 촌장 대우를 받는 장준원을 치료한 것이 아니다.

운현의 계획대로라면 인망 혹은 장(長)으로서의 능력을 가진 그가 좀 고생을 해 주어야 했다.

"뭘 하면 되는가?"

"집들부터 보수를 해 주시지요. 이왕이면 새집이 좋겠지만 우선은 되는 대로 움직여야지요."

주거환경을 만든다. 그리되면 자연스레 자는 것은 문제가 되지 않을 것이다.

"자자, 움직여 주세요."

"후아. 알겠습니다!"

임시지만 힘을 북돋아 준다. 응급치료를 하고, 먹을 것을 양껏 먹여 영양을 보충한다.

간단한 행위들이지만 효과는 즉시 나왔다. 활기가 전혀 없던, 죽을 날만을 기다리던 그들에게도 조금이나마 힘이 돌아 왔다.

그리고 그들은.

"이거는 제가 소싯적에 해봤습니다. 우선은 목재로라도

큰 구멍을 막고 다음은, 진흙을 쓰면 좋습니다요."
"호오. 그런가. 어디한번 자네 말대로 해 보지."
"옙!"
보통 사람보다는 힘든 몸이지만 그 이상의 불타는 의욕을 가지고는 자신들이 살아갈 집을 보수하기 시작하였다.

푸드득 하고 날아오는 전서구의 날갯짓이 꽤나 힘찼다. 고된 훈련을 받은 전서구임이 분명했다.
자연스레 전서구를 받아 든 남궁미는, 한참 환자들을 살피며 치료를 하고 있는 운현을 바라보며 말했다.
"왔다고 합니다."
"드디어!"
기다렸던 식량이 왔다.
남궁가라고 하더라도 이곳까지 사람을 들일 수는 없는 것인지 꽤나 멀찌감치 물건을 가지고 온 듯했다. 그러니 전서구를 보낸 것이기도 했다.
"장 아저씨. 사람 몇만 추려주시지요."
"온 건가?"
"예. 가지고 와야지요. 그래야, 다음 수확까지는 어찌 버티실 거 아닙니까?"
지금 하고 있는 일차적인 처방으로는 안 된다. 이들의 생활을 바꿔줘야 이들이 살아갈 수 있다.

병을 완치를 해 줄 수도, 재활을 해 줄 수도 없는 것이 현실이다.

'소설 속 주인공들처럼…… 짠하고 치료하는 것은 불가능한 일일지도…… 무공 고수가 되면 좀 다르려나?'

하지만 현실하에서 할 수 있는 것을 하기 위해서 움직이는 운현이었다.

"허허…… 그래. 내 사람들을 어서 데려옴세."

"예. 같이해서 가지요."

운현이 온 지 한 달이 조금 넘는 시간.

식량이 왔다. 집이 나아진다. 활력이 생긴 이들이 움직여, 관리가 힘들던 논과 밭을 매기 시작한다.

마을이 순환되고 있는 것이다.

작은 순환이지만, 적어도 이들이 합병증으로 덜 고통 받게는 할 수 있는 조치였다.

"흐음……."

분명 상황은 나아졌다.

그럼에도 운현은 무언가가 불만인 듯 나름 활기를 띠며 살아가는 환자들을 가만히 바라볼 뿐이었다.

꽤 오랜 기간을 함께여서 마음을 읽은 것인가. 남궁미가 물었다.

"고민이 있으신 건가요?"

"치료 때문이지요."

"힘들다고 하지 않으셨나요?"

"확실히…… 힘들긴 하죠."

나병은 전생에서는 치료가 가능한 병이다. 항암제에, 물리치료, 이 외에 여러 치료법을 써야 하기는 하지만 불가능하지는 않았다.

그러나 지금에서는 힘들다.

무림에서도 높은 경지라는 환골탈태를 할 수 있는 화경의 경지면 혹여 치료가 될 수도 있기는 할 것이다.

'근데 그게 쉬울 리는 없지……'

다만 한 가닥의 희망이 있다면, 나병을 만드는 나균이 내공에 반응을 한다. 치료는 아니더라도 병의 진행을 더디게는 할 수 있었다.

증거?

마을 사람들에게 조금씩이나마 진기도인을 통해서 내공을 전한 지가 한 달. 짧다면 짧은 시간이나 병의 진행이 더뎌진 것을 확인할 수 있었다.

그것만으로도 확실히 대단한 발견이었다.

"그래도 더디게는 가능하다는 게 어디겠습니까? 문제

는…… 무공을 넘길 수도 없다는 거지요."

그가 익히고 있는 선천생공은 무당의 운인도장으로부터 받은 것이다.

비인외전인 무공을 함부로 넘겨서야 화만 키울 뿐, 도움이 될 수가 없었다.

다른 무공이 필요했다.

"으음……."

남궁미, 그녀 또한 함께 하면서 정이 붙은 것인지 같이 고민을 해 주었다. 그 결과가 어찌 될지 몰라도 그녀의 행동 자체는 선의였다.

"아버지께서 들라고 하십니다."

둘이서 한참을 두고 생각을 하고 있는 동안, 이제는 낯을 좀 익힌 어린아이가 찾아 왔다.

"민이구나."

"예. 식사를 하자고 하십니다."

장지민.

장준원을 아버지라고 말하지만 실제로는 양녀인 아이다. 양녀라는 것도 우연히 들은 것으로, 그녀가 장준원과 함께 한 것에는 무슨 사연이 있는 듯하였다.

하기사 환자들로 가득한 이곳에 어디 한 곳 아픈 곳이 없는 그녀가 있다는 것 자체가 이상한 일이기는 했다.
 "식사라…… 좋지. 가지요?"
 "예."
 장지민, 운현, 남궁미가 전에 비해서 제법 깔끔해진 장준원의 거처에 가는 것은 금방이었다.
 '여전히 어색하구만……'
 남궁미만큼이나 침착한, 아니 그 이상으로 침묵을 하곤 하는 장지민이 함께하는 것이기에 발걸음이 더욱 빨랐을 지도 모르겠다.
 "허허. 왔는가?"
 "끼니를 거를 수는 없으니 왔습니다. 하하."
 "원 농담도…… 그나저나, 이제 이 다음은 뭔가? 슬슬 다음도 있지 않겠는가?"
 잘 먹고, 잘 자고, 잘 싸며, 잘 씻는 상태.
 아직 완벽하지는 않아도, 운현 덕분에 전에 비해서 많은 것이 바뀌어가는 마을이었다.
 "으음……."
 "농이네. 농! 여기서 더 바꾸는 건 힘들겠지. 허허. 어서 식사나 들게나."
 운현의 부담감을 덜어주기 위한 것인지, 농담이었다 말하며 화제를 돌려보려는 장준원이었다.

화제를 돌리려는 그와는 다르게 운현은 말이 나온 김에 이야기를 하고자 했다.

"방안을 생각해 내기는 하였습니다. 치료는 힘들지만…… 더디게는 할 수 있을지도 모를 방법이지요."

"……그런가? 그것이 뭔가?"

"무공입니다. 내공이 있으면 조금이나마 진행을 더디게 할 수 있을지도 모릅니다. 다만……."

문제가 있다.

선천진기야 확실히 병의 진행을 더디게 한다. 다른 보통의 진기도 비슷하기는 했다. 이것은 남궁미를 통해서 실험을 했으니 확실했다.

문제는 좀 더 원론적인 것에 있었다.

그들이 익힐 무공이 필요하며, 또한 그들이 무공을 익힐 시간이 필요했다. 아니, 초식을 익히지는 않더라도 내공을 쌓을 시간이 필요했다.

단순히, 일이 년의 내공으로는 병을 억제하지 못할지도 몰랐다.

이야기를 듣자마자 장준원은 운현이 무엇을 고민하는지를 아는 듯하였다.

"알겠군. 알겠어. 그래. 무엇이 문제인지를 알겠네…… 모를 리가 없지 않은가?"

그런데 그 말이 무언가 이상했다. 이미 무공이 병을 더디게 하는 것에 대해서 알고 있는 듯했다.

"이미 알고 계셨던 것입니까?"

"그러네. 나만 하더라도…… 그래…… 한림원의 학사 중 하나였네."

학사였는가. 그것도 한림원의 학사라니. 역시 보통내기는 아닌 사내다.

"어느 정도 예상은 하고 있었습니다."

"그럼 요즘 보수를 한참 하고 있는 왕가가 이곳에 오기 전 무엇을 했는지 아는가?"

"모르겠습니다."

"왕가는 목수였다네. 알아주는 목수. 문둥병이 걸려서 팔에 힘이 떨어지기 이전에는 대단했단 말일세. 그게 뭘 뜻하는지 아는가?"

"……각양각색의 사람들이 모여 있는 거군요. 이곳은요."

"그러네. 왕후장상을 가리지 않고 걸리는 게 이 천병일세."

"그렇겠지요."

"역사라 할 것까지는 아니어도 제법 많은 사람들이 오래 모여 있던 곳이 이곳인데 무림인 하나 없었겠는가."

없을 리가 없었다. 무림인이라고 하더라도 모든 병에 면역은 아니지 않는가.

 현대에서도 전염원이 무엇인지 알 수 없는 것이 나병일진대, 무림인이라고 해서 나병에 걸리지 않을 리가 없었다.

 "있었겠지요. 확률은 낮지만요."

 "그래. 없을 리가 없지. 내가 알기로, 단 두 명이지만 분명 있었네."

 하나도 아니고 둘이라. 적다면 적은 수이나, 백 명이 좀 넘는 마을의 규모를 생각하면 적은 수도 아닌 듯했다.

 "그들은 꽤나 오래 살았지. 오래 버티기도 하였고……."

 "그럼 이미 알고 있으셨군요?"

 이들은 무공이 병을 억제하는 것을 알았다.

 그럼에도 왜 그 방법을 사용치 않았던 것일까? 치료가 아닌 억제라 하더라도 충분히 매력이 있을 터인데?

 "……때로는 오래 사는 게 고통일 수도 있는 것일세."

 "아아……."

 운현은 그들의 내심이 짐작이 되었다. 이어지는 장준원의 말은 운현의 짐작을 확신으로 바꾸어졌다.

 "천병이 아닌가. 뜬 눈으로…… 자신의 살점이, 팔이, 몸이 괴사하는 것을 봐야 하는 병! 만약이 소용없는 빌어먹을 병!"

 "……."

"그런 빌어먹을 병을 억제한다고 해서 뭐가 되겠는가? 삶이 더 이어진다고 해서 멸시를 안 받겠는가? 허허. 웃기는 이야기지."

한 맺힌 말이었다.

삶을 더 이을 수 있는 수단을 알고 있음에도 그 수단을 쓸 수 없는 자의 한. 천병이라는 저주 같은 병에 대한 한이었다.

한을 뿜어내는 그는 못내 그 화를 참지 못하는 것인지 목소리가 더욱 격해졌다.

"그들도 죽으면서 무공이란 것을 주었지! 빌어먹을…… 이리저리 떠돌다가 이곳에서 살다 보니 정이 붙은 거겠지. 그러니 비인부전이라는 무공도 전해 주는 것이고! 죽지 직전에 둘 모두!"

"……그런데 왜 익히시지 않으셨습니까? 모두가…… 무공 익히는 것을 포기하지는 않잖습니까?"

"허허. 익히려고 하는 자도 나서기는 했었지! 아무렴! 질긴 생을 이어가려면 뭔들 하지 못할까."

"익혔군요."

"그래! 처음 세 명이 나서서 익히기 시작했지. 소싯적에 무공에 관심 좀 가진 자들이었을 거야."

분명 익힌 자가 있다 했다.

그런데 왜 운현은 이곳에 있으면서 무공을 익힌 자를 보지 못했을까?

　궁금증은 쉬이 풀렸다.

　"하나는 빌어먹게도 사마외도의 무공이었네! 제대로 익히지 못하면 미쳐버리더군. 크큭. 무공이 아니라 사람 잡아먹는 마물이었지."

　"……마공이었군요."

　"그 정도는 아니고 사공 정도는 된 듯했네."

　"사공이라……."

　"위력이 강하진 않은 듯했으니까. 대신 그 무공을 익히던 자들은 혼자 미쳐서…… 발광을 하다가 죽더군."

　"설마……."

　"생각하는 대로네. 덕분에 마을 곳곳이 부서진 곳 천지였지 않은가? 다 덕분인 거지. 발악하다 죽더군……."

　마을이 부서진 것조차도 사연이 있었던 것인가. 하기야 관리를 조금 못하는 것치고는 정도 이상으로 부서진 곳이 많기는 하였다.

　"그럼 나머지 하나는 무엇이 문제였던 겁니까?"

　"반쪽짜리였어! 반쪽! 사지가 멀쩡하지 않고서는 익히지도 못하는 무공이더군. 반쯤은 외공이었고!"

　"……그런!"

　사지가 멀쩡해야만 익힐 수 있는 무공이라니. 제대로 사지를 가지지 못하기도 하는 나병 환자들에게는 그림의 떡일 수밖에 없는 무공이었다.

한풀이를 하듯 한참 격하게 말을 하던 그도 이제는 조금 가라앉은 것인지 목소리를 죽여 가며 말하였단.

"개중에 그나마 나은 놈들이 둘 정도 익히기 시작하기는 했는데……."

"어떻게 되었습니까?"

"역시 죽었네."

"……이유는 아십니까?"

"정확하지는 않네만. 예상은 할 수 있지. 사지 멀쩡해야 익히는 무공인데…… 익히다가 병이 악화되면 어찌 되겠는가?"

"……소용이 전혀 없었겠군요."

그 역시 그림의 떡과 마찬가지였을 것이다.

이들에게는 무공이 잘못 전해진 것도 있지만, 설사 무공을 익혀 삶을 더 이어나간다 해도 행복하기만 한 삶은 아니었다.

그 모든 것들이 결국에는 하나의 희망만을 가지게 하였다. 완벽한 치료. 그것만이 이들에게 있어서 희망일 수밖에 없는 이유였다.

"그런 게지. 조금 더 나은 방법이라도 있다면 모르겠지만…… 역시 그건 어렵지 않겠는가? 허허."

"방법을 찾아보겠습니다."

"되었네. 쓸데없는 희망보다는…… 차라리 좀 나아진 지금에 만족하네. 그러니 자네도 너무 마음 쓰지 말게나."

욕심이 없는 것인가. 포기를 한 것인가. 어느 쪽이든 너무 서글프지 않은가.

'무언가 해 줄 수 있는 게…… 없는가.'

밥 한 숟가락 뜨기 위해서 모인 것치고는 너무도 숙연해진 밥상머리였다. 잠시의 시간이 지나가고 분위기가 조금이나마 환기되어 가려는 찰나.

"큰일일세! 큰일!"

목수였다던 왕가가 크게 소리치며 장준원의 문턱을 두드리기 시작했다.

第七章
조우를 하게 되다

"하악. 하아악!"

뛴다.

살아남기 위해서는 뛰는 수밖에 없었다.

마물이라고 하는 것들은 환자라고 하여 봐주는 법은 없으니까. 아니 마물이기에 더더욱 지독하다. 한 점의 동정심조차 없다.

―키이이익!

신이라도 난 것인가?

놈들은 사람이라면 벌릴 수 없을 만큼 크게 입을 벌리고는 자신을 쫓아왔다. 개중에는 그들다운 괴성을 내뱉는 놈들도 있었다.

괴물이다. 병 걸린 자신은 알지 못할 이름 모를 괴물. 정체는 모르지만 도망은 쳐야 했다. 당연한 일이다.

천병에 걸렸다 해서, 누군가 돌을 던질 때도 도망쳤던 것처럼. 그때처럼. 도망을 쳐야 했다.

그런데,

"크으……."

이놈의 몸뚱이가 말을 들어주지 않았다. 아니다. 몸에는 문제가 없다. 여기까지 온 것도 의원님이 기를 불어 넣어줘서 온 것이다.

저 재수 없는 돌부리가 문제였다.

"하아악……."

죽기 전이어서인가. 신음은 계속해서 쏟아져 나오고, 쓸데없는 잡생각만 계속해서 들어온다.

―키이익!

놈이 달려든다.

"사, 살려!"

멀리서부터 그 광경을 지켜보는 자들이 있었다. 운현과 남궁미. 그 둘은 경공을 펼쳐 왕 목수보다도 더 빠르게 달려왔다.

그게 천운이었다.

"저 무슨……."
"자연적인 것 아닌 듯합니다."
"우선은!"
뒷말을 할 필요가 뭐 있을까. 우선은 달려야 했다.

퍼어어억!
퍼어억! 퍽!
검을 뽑아 들어야 하지 않았을까? 아니 상관없었다. 사람의 목숨을 노리는 것이다. 그게 무엇이든 처리를 해야 했다.
―키이이익!
놈이 자신을 바라보며 달려든다.
스스릉.
운현 또한 정신을 차리고는 검을 빼어든다. 명검은 아니지만, 아버지가 챙겨 준 검이다. 좋은 검이다.
"죽엇!"
이곳에 와 처음 제대로 살의를 담는다. 살아 있는 사람이 아닌 듯하기에 망설임은 없었다. 저게 무엇이든 죽여야 했다.
―키이익!
놈이 지지 않겠다는 듯 괴성을 내지르며 달려든다. 고수들이 펼치는 초식 같은 것은 없지만 타고난 기세가 강했다.

'헛손질!'

허나 초식이 없는 것이 놈의 약점이었다.

콰직!

벤다기보다는 부순다는 표현이 맞으리라. 놈의 몸은 돌덩이라도 되는 듯 단단했다.

―키이…….

다만, 선천생공에는 약한 것인지 검을 통해 선천생공의 기가 전해지기 시작하자 놈이 급격히 약해진 느낌이다.

고급의 내가중수법을 사용한 것은 물론 아니다.

다만 무인의 검에는 뜻이 담기고, 그 뜻을 통해서 기가 움직이니 운현의 검에 깃들어 있던 기가 강시의 몸에 침투했을 뿐이다.

'뭐지? 뭐가 작용하는 것인가?'

선천생공의 기가 강시에게 치명적으로 작용한 것이지만 거기까지는 모르는 운현이었다. 이런 지식에는 아직 약한 면이 많았다.

'뭐 상관없겠지.'

얕은 괴성 다음에 다시금 전의를 흘리며 달려드는 강시를 향해서 운현이 다가간다. 이제는 마무리를 할 시간이다.

쉬이익!

벤다! 벤다! 벤다!

돌덩이처럼 단단하기만 하던 강시의 몸이 분명 약해져 있었다. 그 사이를 놓치지 않은 운현의 검에 강시의 몸이 난도질을 당한다.
―키이이익.
마지막이다!
목이 달아난다!

"후우······."
다행인 것인가? 놈은 생각보다 약했다. 아니, 뭔가 더럽고 음습한 것이 느껴지는 것이 이상하기는 했다.
중원식으로 표현을 하면 이게 '사기'라고 하던가? 처음 겪어 본 것이기에 아닐 수도 있었다.
'선천진기에 침입을 하려는 건가······ 아까는 내가 침입을 한 것이고?'
하지만 살아 있는 생기라고 할 수 있는 선천생공의 선천진기로 달려드는 것을 보면 좋은 기운은 아닐 것이다.
"후우······ 좀비라도 되는 건가."
이십 년 내공의 저력이 어디로 가는 것은 아닌지, 몸 안을 괴롭히던 사기도 선천생공으로 금세 가라앉혔다.
아예 정화를 시켰다고 봐도 무관하리라. 역시 선천진기다.
"괜찮으세요?"

"예. 괜찮은 듯하군요."

"다행이네요. 그런데 이곳에 강시가 출몰할 줄이야……."

"강시요?"

"예. 셋이나 되는 것을 보면, 자연적인 것은 아닌 듯 하고……."

저게 강시란 말인가. 전생에 소설이나 영화에서 보기는 했지만 실제로 보는 것은 또 처음이다.

'저게 강시면 어째…… 어지간한 좀비물의 좀비보다도 강할지도?'

선천진기로 온힘을 다해서야 타격을 입힌 강시다. 생각보다 쉽게 처리를 하기는 했지만, 사기가 닿았던 부분은 저릿저릿했었다.

게다가 머리가 뭉개진 지금도 몸을 뒤뚱뒤뚱 대는 것을 보면, 마물이라고 봐도 무방할 놈이지 않은가.

자신이 하나를 처리하는 동안, 나머지 둘을 남궁미가 처리를 해 주지 않았더라면 크게 위험했을지도 모른다.

'아니지……선천진기가 뭔가 작용을 해 주지 않았더라면…… 상대하기 힘들었을 지도.'

돌덩이 같던 놈의 몸이 무너지지 않았더라면 분명 어렵게 처리를 했을 것이다.

그나저나 남궁미를 다시 보게 되었다.

자신은 선천진기가 하는 뭔가의 작용에 의하여 쉽게 하나를 처리했다지만 남궁미는 둘이나 처리하지 않았던가?

자신이 생각하는 것 이상으로 강할 것이 분명한 그녀였다.

"대체 어디서 저런 마물이……."

"그게 중요한 게 아닌 거 같아요. 누군가 강시를 만들어 데려온 것이라면…… 고작해야 셋만 있을 리가……."

"아, 이런! 설마 우리를……."

설마 유인인가? 그럴 수도 있었다! 우선은 달려가 보아야 했다!

     * * *

"……."

"젠장! 젠장! 젠장!"

곳곳에 시체가 보인다.

병에 걸렸을지언정, 자신을 향한 미소는 천사와도 같던 사람들이다.

고마워 할 줄 알았으며, 힘들지언정 희망을 가지고 살아갔던 사람들이다. 그런 사람들이 죽어 있다.

죄도 없는 이들이!

"고맙습니다!"

감사를 표하던 이가.

"이, 이거라도……."

자신에게 겁을 잔뜩 먹었어도 무언가 보답을 하려던 그들이.
사람이. 죄 없는 사람들이. 남은 생이나마 행복해야 할 이들이. 자신이 치료하지 못하여 미안하기만 하던 그들이.
쓰러져 있었다.
"우와아아아악!"
선천생공을 온몸에 두른다.
아니! 뿜어낸다고 해야 옳으리라. 평소 밀도 높게 움직이지도 않던 선천진기가 오늘만큼은 자신의 뜻을 받들어 주었다.
―키이이익!
콰아아앙!
기를 집어넣는다. 뿜어낸다. 놈의 대가리를 부숴 버린다! 죽인다! 죽인다! 죽인다!

'죽여버린다.'

이곳 사람들이 어렵사리 만들어 가던 평화이지 않은가. 그런 평화를 왜! 어떤 연유로! 누가! 부숴 버린단 말인가!

해서는 안 될 짓이다.

힘들게 살아가는 이들을 괴롭혀서는 안 됐다!

이들은 이들 나름의 삶을 살아가고 있는 자들이었다.

하나를 부순다.

베어 버린다.

두 마리를 벤다. 세 마리를 부순다.

―키이이익!

흥분한 가운데 뒤에서 달려들던 것까지는 파악을 하지 못했다. 무인으로서는 분명한 실수다.

샤아아아악!

자신을 대신하여 강시를 베어 버리는 그녀가 있었다.

"……."

어느샌가 다가온 남궁미가 묵묵히 아무런 말도 하지 않은 채로 자신을 보조하여 준다. 그녀 또한 지금의 사태에 잔뜩 화가 난 것이 분명했다.

―키이이익!

―키이익!

눈에 보이는 강시들의 수는 열도 더 넘었다. 어디서 나왔을지 모를 마물들치고는 그 수가 많았다.

"안으로 들어가야 해요. 다행히도 다른 보통 강시들보다는 약하지만……."

"환자들에게는 최악의 재앙이겠죠."

어디서 이런 소설 같은 일이 벌어진단 말인가. 모르겠다. 지금은 원인을 찾을 때가 아니었다.

혹시라도 살아 있을 자를 위해서 움직여야 했다.

저 빌어먹을 강시들을 막아대면서!

"이리로요!"

우선은 장준원의 거처로 달려가 본다.

평소 사람들을 이끌어 가던 그라면, 분명 무언가 하기는 했을 것이다. 이런 일에 대비는 못 했어도 일이 벌어졌으니 무언가 수완이라도 발휘했을 것이다.

달려간다.

콰아앙!

시체를 찢어대는 마물을 부수고서.

"어르신!"

역시. 장준원은 무언가 하기는 했다.

보수가 된 집의 문 앞에서 어디서 가져왔는지 모를 긴 장대를 가지고서는 강시들을 밀어내고 있었다.

장대의 숫자가 몇 개 되는 것으로 보아 안에서 여러 명의 사람들이 강시들을 밀어내고 있었던 것이 분명했다.
 그가 생각해낸 기발한 계책인 것이 분명했다. 맞섰다면 다 죽었으리라. 확실히 효과적이다.
 이런 계책을 순간적으로 생각해 내다니 역시 보통내기는 아니었다.
 다행이었다. 저 빌어먹을 마물들 가운데에서도 살아남은 자들이 있었다.
 "왔는가!"

 미친!
 "어르신! 위요!"
 장대로 문을 통해 들어오는 강시들을 막는 것만으로는 부족했던 것인가! 어떻게 올라갔는지는 모르겠지만 지붕을 통해 바로 문 안으로 쏘아 들어가는 강시다.
 아주 짧은 시간.
 강시의 양손이 휘둘러진다! 살아남아 있는 모든 것들을 죽이겠다는 듯이!
 "크으······."
 목수 왕씨의 복부가 크게 베어진다. 요즘 들어 일을 하면서 살맛이 난다고 하던 그가 죽어간다.

병에 걸리기 이전이었더라면 꽤나 잘생겼을 청년이 죽는다. 희망을 가져볼까 하던 그가 죽는다.

운현이 달려 나간다.

장대에 막혀 달려들던 강시는 남궁미가 먼저 처리를 하고 있었다. 자신은 집 안에 침입한 저것들만 처리하면 되었다.

그리하면 저들을 살릴 수 있으리라. 남은 자들이라도…….

"아, 안 돼!"

"죽어라!"

퍼어어억!

달려들면 안 되었다.

자신의 선천진기에는 돌덩이 같은 몸이 쉽게 깨어지고는 하지만, 장 아저씨에게까지 그럴 리가 없지 않은가.

어디서 구했을지 모를 단검으로 강시를 찌른다고 해봐야, 놈의 몸이 뚫어질 리도 없었다.

왕 아저씨, 청년, 많은 이웃.

새로운 가족일 그들이 당하는 것에 이성을 잃어 저리한 것이겠지.

지금까지 잘 버티던 것은 여기 있는 자들을 전부 살릴 수 있다는 희망이 있어서였을 거다.

허나, 마지막의 마지막까지 이성을 부여잡고 있어야 했다!

너무 가깝다.
―키이이익!
놈이 귀찮다는 듯, 장 아저씨를 향해 손을 휘두른다. 강철 같은 힘이 담긴 치명적인 힘이었다.
이곳에 오기 이전 무엇을 했을지는 몰라도, 노쇠해진 장준원이 막기에는 너무도 큰 거력이 담긴 휘두름이었다.
퍼어억!
머리는 피했다. 하지만, 복부가 크게 베였다.
"으아아아압!"
달려든다.
―키익!
검을 휘두른다. 마지막일지 모를 강시를 베어 버린다. 그 어느 때보다 강한 힘으로!
그러곤……
"아저씨!"
위급한 환자가 되어 버린 장 아저씨를 향해서 달려 나간다.

* * *

처참했다.

달리 무슨 말이 필요할까. 강시에게는 단 한 번의 휘두름이었지만 그에게는 치명상이 될 수밖에 없었다.

자신의 기를 보호해 줄 기도 없을뿐더러, 이미 병세가 악화되어 몸의 근육이 수축되어 가고 있던 장준원이었으니까.

자신의 몸을 보호할 수단이 없었으니 어쩔 수 없다. 그게 현실이다.

"아저씨!"

그럼에도 운현은 움직이기를 주저하지 않았다.

위급해 보이는 그 앞에서 적이 더 있을지를 생각할 틈도, 뒤를 생각해야 한다는 틈도 없었다.

그저 눈앞에서 스러져 가는 한 인간에 대한 연민만이 있었을 따름이다. 무인에게는 치명적인 약점이 될 수도 있을 측은지심 때문이다.

허나 그는 의원이지 않은가.

여기서 무언가를 계산하고 움직이면 이미 그건 그가 아니다.

"조금만 참으세요!"

"돼, 됐……."

얼마 되지도 않는 기를 불어 넣어 본다.

삼 년? 아니 이 년이나 될까?

강시를 상대하는 데 있어 아낌없이 기를 사용했던 그다. 많은 기가 남아 있을 리가 없었다.

허나 생명을 보한다 일컬어지는 선천진기이기에 그 작은 내공으로도 다 죽어가는 상대의 숨결을 부여잡을 수는 있었다.

"허…… 허허. 호기…… 신의라더니…… 듣던 대로 시, 신의는…… 신의로구만."

간신히…… 아주 간신히 부여잡을 수 있을 정도. 찌를 듯한 통증을 멈출 수 있을 정도의 힘이었다.

"출혈이 심해집니다. 그만 말하시지요."

"되……었네. 가, 갈 때인 게지……."

"장 아저씨……."

"허허. 괜찮네."

아주 조금 더 기가 불어넣어져서일까.

그의 더듬음이 조금은 사라진다.

이대로라면, 생애 한 번이나 겨우 있을 천운을 필요로 하기는 하지만 운이 닿는다면 그에게 다시 살 기회가 생길지도 모른다.

허나 장준원은 운을 바라는 그런 자가 아니었다.

그는 운을 믿는 자가 아니었다. 운이 있었더라면 이런 병에 걸릴 일도 없을 거라 여겼던 그이니까.

"아가……."

"예."

장지민이다.

언제나 침착하기만 한 아이. 시리도록 냉정해 보이는 눈빛으로 세상을 보는 아이다.

그런 아이에게 어울리지는 않지만, 장준원은 항상 장지민을 아가라고 부르고는 했다. 본래는 세상의 모든 귀여움을 다 받을 아이였던 것처럼.

"아가……."

"예."

"……고생이 많았다."

"……."

"이 못난 아비…… 아니 이 못난 사람을 만나…… 많은 고생을 하였다."

"제가…… 원해서였습니다."

회광반조인가.

운현이 아무것도 하지 못하고 있음에도 죽어가던 그의 얼굴색이 조금이지만 살아난다.

"아니다. 아니야…… 어린아이 하나에게 음식을 주었다 해서…… 받을 은혜라기엔 이미 많은 것을 받았구나. 너는…… 이미 내게 많은 것을 해 주었어."

"……그만하시지요. 상처가……."

그의 가슴어림을 그녀가 부여잡는다. 운현이 급히 혈을 짚었기에 출혈이 멈추었음에도…… 혹시나 해 저리하는 것일 게다.

"되었다. 되었어……."

"그래도……."

"딸아. 허허. 하나뿐인 딸아……."

"예……."

"굳세어지거라. 아니지. 딸은 이미 굳센 아이지…… 아니지…… 그래."

그가 자신의 딸 장지민을 직시한다. 바라본다는 그 행위 하나만으로도 그에게는 큰 힘이 필요했을 게다.

꼭 그래야 한다는 듯이, 꼭 전해야 한다는 듯 그가 말한다.

"행복해지거라. 누구보다도 더…… 그리고…… 이왕이면 이 나보다는 저…… 의원과 함께하거라. 너를 보호할 힘을 얻을 때까지…… 알겠느냐?"

"아버님…… 저, 저는……."

그는 이번엔 장지민이 아닌 운현을 바라보았다. 부탁을 할 운현에게 허락을 구한다는 눈빛이었다.

거절할 이유도, 생각도 없었기에 운현은 허락의 뜻으로 고개를 끄덕였다. 그는 눈빛으로 감사하다는 마음을 전하고는.

"꼭 그리하거라……."

"아버지!"

그 말을 마지막으로 숨을 거두었다.

한림원의 학사였던, 많은 사연이 있었을 것이 분명한, 그가 너무도 허무하리만치 쉽게 생을 놓아 버렸다.

다만 그는 마지막까지도 한을 가진 것은 아니었던 듯, 마지막 가는 그의 눈만큼은 굳건하게도 닫혀 있었다.

마치 모든 것을 이루었다는 듯, 행복한 삶을 마무리했다는 듯 작게 미소까지 지어져 있을 정도였다.

"……."

장지민 그녀가 움직인다.

방금 전의 울음은 아무것도 아니었다는 듯, 크게 울던 그 울음을 멈추고서는 시뻘게진 눈으로 움직였다.

운현, 모든 일을 마무리하고 온 남궁미, 어렵사리 살아남은 마을 사람들. 그들을 그대로 두고 그녀는 집안의 한켠으로 갔다.

그러고는.

철컥 하는 소리와 함께 곱게 보관되어 있던 그것을 꺼내어 들었다.

'수의…… 아아…….'

그녀가 꺼내든 것은 수의였다.

오래전 그때. 운현의 스승 왕의원이 죽었을 때 그러했듯, 그녀는 자신이 할 일을 이미 알고 있다는 수의를 꺼내들었다.

그녀가 꺼내든 수의를 본 모두는 아무런 말도 없었다.

그저 자신들이 해야 할 것이 무엇인지를 이미 알고 있는 듯, 그들은 병으로 죽어가는 몸을 이끌고서는 이미 죽어간 망자를 위해 움직이기 시작했다.

그것이 그들에게 남아 있는 마지막 의무인 것처럼. 그것이 그들에게 있어 마지막 위안이 되는 것처럼.

현의 한 어귀.

천병에 걸렸다는 그들에게 불어닥친 혈풍은 그렇게 가라 앉는 듯하였다.

第八章
정리를 하다

형운사다.

도가의 무당파가 있음에도 형운사에는 언제나 그러하듯 많은 시주들이 오고 가고 있었다. 작은 암자지만 그 성세가 결코 작지는 않은 곳이다.

그만큼 이곳 지주스님의 공력이 영험하다는 뜻이기도 할 게다.

그곳에 예의 낭인과 같은 허름한 옷차림을 한 사내가, 뭐가 그리 좋은지 입가에 잔뜩 미소를 띤 채로 암자를 향해 걸음을 옮기고 있었다.

형운사 자체가 그리 큰 곳은 아닌지라 사내가 형운사의

주지를 찾는 것은 그리 오랜 시간이 걸리지 않았다.

슬쩍 낭인 사내가 온 것을 바라본 지주 스님은 자신의 주변에 다른 시주들을 적당히 구슬려서 보내고는 낭인에게 물었다.

"허허. 시주님께서 또 어인 일이신지요?"

"이거 참…… 좋지 못한 일을 말해야 할지도 모르겠습니다."

"좋지 못하신 일이라…… 세상사가 번뇌이니 어쩔 수 없음이지요. 조용한 곳에서 이야기를 나누시렵니까?"

번뇌.

사람들을 괴롭히는 그것에 지주를 찾는 자들은 하루에도 몇은 되었다. 지주는 때때로 그런 자들을 상대로 상담을 해주고는 했다.

일을 해결해 주거나, 바른 해결법을 가르쳐 주는 것은 아니다.

하지만 사람이란 때로 말을 한다라는 행위 그 하나만으로도 위로를 받지 않던가. 그러니 사람들이 찾는 것이다. 끊임없이.

"그래주시면 감사하겠습니다."

"허허. 오늘은 이분까지 받고 가야겠군요. 소해야."

"예, 지주 스님!"

"다른 시주분들께서 오시면 오늘은 좋게 돌려보내도록 하거나. 이분이 근심이 많으신 듯하구나."

"아! 그 시주분이시군요. 물론입니다!"

몇 번 온 것에 기억을 하는 것인가.

동자승은 어린 나이치고는 꽤 영특한 듯했다. 허나 어린 나이의 영특함이 눈치까지 주는 것은 아닌 듯했다.

동자승은 자신이 낭인을 알아보는 것으로 지주와 낭인의 눈빛이 잠깐이지만 번쩍이는 것을 눈치채지는 못했다.

하기야 평소 인자하기로 소문이 난 지주 스님이 그런 눈빛을 할 것이라고는, 어린 동자승으로서는 상상도 못 했을 것이다.

"허허. 맡기마. 가지요."

"그러지요. 후후."

둘은 아무런 일도 없다는 듯 어린 동자승을 두고는 그대로 암자의 안으로 들어갔다.

오직 둘.

크지도 않은 암자에는 다른 이 하나 없이 둘밖에 없었다.

밖으로 소리가 새어나가지 않는 것을 자신하는 것인지, 지주 스님은 예의 인자한 표정에서 지난밤의 그 무거운 표정으로 돌아왔다.

일시의 변화였으나 다른 이가 지주의 모습을 본다면 인자함보다는, 두려움을 떠올릴 정도로 그의 얼굴에는 무게감이 있었다.

낭인은 그런 지주의 표정에도 전혀 긴장이 되지 않는 것인지 여전히 미소를 띤 채로 입을 열었다.

"흐음…… 아이가 꽤나 영특하군요?"

"그래서 데려오기는 했지. 하지만 생각 이상이구나."

"얼마 있어…… 형운사에서 사고가 나기는 하겠군요. 좋지 못한 일입니다."

"되었다. 지금 중요한 것은 그게 아니지 않느냐?"

사람을 알아보는 동자승의 영특함도. 지주의 인자함이 사라진 것도 현재는 중요하지 않았다.

지금에 있어 가장 중요한 것은 얼마 전 낭인 사내가 펼친 일에 있었다.

"그것도 그렇지요."

"왜 실패를 했다고 생각하느냐? 아무리 불량품들이었다지만, 그 수는 충분했다."

"으음…… 잘해야 스물이 좀 넘는 것으로 충분하다면야…… 충분하기는 했지요. 불량이기는 했지만요."

잘 만들어진 강시가 마을 하나를 초토화시키는 데 얼마의 시간이 걸릴까? 아니, 몇 마리나 있으면 마을 하나를 초토화시킬 수 있을까?

스물? 서른? 백?

많아야 열이면 된다.

잘하면 다섯으로도 마을 하나를 초토화시킬 수 있다.

무리이지 않냐고?

잘 만들어진 강시라면 그게 가능했다. 잘 벼려진 창과 검 같은 것이 있지 않고서야 강시의 단단한 몸을 꿰뚫을 수는 없으니까.

아무리 재빠른 양민이라 하더라도 강시의 손아귀로부터 도망갈 수는 없으니 당연한 이야기다.

그러니, 아무리 단련 과정에서 제대로 만들어지지 않은 강시라고 하더라도 스물 정도면 작은 마을은 전멸을 시키고도 남아야 했다.

"실험작이기는 하다. 보통의 그것들보다도 반은 더 약했지. 그건 이미 알고 있는 사실이었다."

"예. 분명 그랬지요."

"그런데도 그 정도 수면 충분하다고 했었다. 그렇지 않더냐, 사제?"

"예. 그 정도 수면 충분하다 생각했습니다. 아니, 차고 넘친다 생각했지요. 그런데 변수가 둘 있더군요."

"하나도 아니고 둘이나?"

"예. 둘이었소이다."

평소 가볍디가벼운 낭인 사내다. 하지만 그의 눈썰미와 실력은 진짜였다.

행동은 가볍되, 그 진의는 무거운 자였으니 다른 사형제들도 그를 쉽게 무시하지 못하는 것이다.

"그래. 무엇이더냐?"

"하나는 남궁가의 아이였소. 호기신의를 따라 갈 무인이 누가 있을까 했소만. 그게 착오였소이다."

"흐음…… 남궁가의 자제라. 누구더냐?"

"알잖소? 내 이름은 잘 못 외우는 것을…… 그냥 여아인 것은 알겠소."

"여아라면…… 몇 없지. 그 중에서도 호북에 있을 만한 아이라면…… 남궁미군."

역시 지주는 꽤나 정확한 정보통을 가지고 있는 듯했다. 적어도 이곳 호북 내에서의 동태 정도는 파악 가능해 보였다.

"그렇소? 그 아이는 기억해 놓아야 할지도 모르겠군. 절정은 못 됐어도 일류요. 그것도 완숙된."

지주가 놀라서 물었다.

그래도 남궁가의 아이이니 일류의 초입은 이해한다. 하지만 일류의 완숙이라니? 말도 안 되는 소리다.

"완숙이라 했더냐? 그 아이의 나이가 스물이 채 되지 않았다. 아무리 남궁가의 자제라지만 가주의 직계는 아닌 터. 그런데도 그러더냐?"

"확실하오. 멀리서 봤지만 그것 하나 못 알아볼 나는 아니잖소?"

"허어…… 그것도 그러하지. 소제의 말을 믿네."

직계도 아닌, 그것도 여아가 일류라. 아무리 대 남궁가라지만 너무하지 않는가?

지주는 그리 생각하면서 다음을 물었다.

"그래. 그렇다면…… 강시 열 정도는 상대할 수 있겠군. 남궁가의 검술을 익혔으니 많으면…… 열 서넛도 가능하겠소. 그래도 남는 강시가 있잖은가?"

남은 강시로도 마을 하나 정도는 괴멸시키는 데 충분하지 않느냐는 소리다.

"뭐…… 확실히 일류 하나면, 불량품은 그 정도는 처리가 가능하지. 근데 문제는 두 번째가 있었다는 것이오."

"호기신의 또한 생각 이상으로 강했느냐?"

"하하. 역시 사형이구만? 맞소!"

"어느 정도였더냐?"

"녀석 또한 일류, 아니 절정에 가까운 실력이었소. 한 끗 차였지. 아주 작은! 이 눈으로 보기에는 충분히!"

실상 운현의 경지를 굳이 표현하자면 일류 정도다.

그것도 초입 정도에나 겨우 머무를까? 그 경지 또한 고 표두가 쉼 없이 훈련을 시키지 않았더라면 힘들었을 경지다.

내공이 아무리 많다고 해봐야, 이십 년이 좀 넘는 터.

그 정도 내공에, 적절한 수준의 초식 구사 수준.

단적으로 비교해서 일류의 완숙이라 할 수 있는 남궁미보다도 초식 구사 수준은 떨어지는 운현이다.

이런 경우 보통은 일류도 잘 쳐준 것이다.

되려 운현이 그의 눈에 절정에 가깝다고 판단을 내리게 된 이유는 다른 이유 때문이었다.

바로 선천진기!

중원에서 생명력과 다름없다고 일컬어지는 것이 선천진기 아니던가. 선천진기가 생명이고, 생명이 곧 선천진기인 것이나 다름없다.

생력이 전혀 없는 죽음의 기를 팔팔 풍기는 강시에게는 선천진기가 치명적일 수밖에!

허나 운현이 선천진기를 익혔음을 모르는 낭인 사내로서는 운현을 남궁미보다 높게 칠 수밖에 없었다.

너무도 쉽게 강시를 물리쳤었으니까.

"자세히 설명해 보게. 너무 이상하지 않은가. 호기신의는 아직 어린 나이야. 그 나이에 절정에 가깝다고?"

"초식은 물론 부족했소. 초식만 보면…… 이류나 일류 사이나 겨우 될까?"

"그런데도 절정이라고?"

"의원이라고 하더니 그 특기를 잘 살린 듯하오. 내공이 보통이 아닌 듯하더군. 아니면 내가중수법의 수준이 높거나."

"내가중수법이라 함은…… 강시를 내가중수법으로 쉬이 부쉈다는 소리군?"

"맞소. 후에 검을 쓰기는 하였지만…… 베었다기보다는 거의 부쉈다는 표현이 맞겠더구려. 초식은 몰라도 적어도 내공의 수발 수준이 절정이었달까?"

"허허…… 의원으로도 기인 취급을 받는 자가 무공 또한 절정에 가깝다라?"

"괴물이지요. 괴물."

낭인 사내는 여전히 유쾌하게 말을 하는 반면, 지주로서는 조금이지만 망연자실한 표정을 짓고 있었다.

'호기신의. 그가 관련된 곳은 실패만을 기록하는군. 스승님께 어찌 말을 올릴지…….'

책임을 지고 있지 않은, 낭인 사내와는 다르게 지주는 책임져야 할 일이 많기 때문이리라.

"후우. 그래. 전력을 더 투입할 수도 없었을 테니…… 정사제로서도 달리 수가 없었겠군."

"솔직히 그렇소이다. 혹여 천병이 걸릴까 거슬리기도 했지만…… 역시 가장 큰 이유는 아시잖소?"

일을 획책하되 정체를 들키면 안 된다.

아직 모든 것이 준비가 되지 않은 그들로서는 그것이 가장 큰 명제였다. 그것만 아니었더라면…….

지주에게 정 사제라는 그가 나섰다면 운현과 남궁미의 목숨은 이미 이승의 것이 아니었을 것이다.

"허허…… 그래. 가장 큰 이유는 다른 곳에 있는 것이 아니지. 흐음…… 어찌한다."

"곤란하기는 하겠구려. 이래서야 목표한 바를 이룰 수도 없으니!"

"어쩌겠는가. 모든 것이 계획대로 돌아가지 않는 것이 세상사이거늘……."

"다시 한 번 나서 보구랴? 이 몸도 있고!"

"허허……."

아마 낭인 사내로서도 이번 일로 크게 회가 동한 것이 분명했다. 그러니 그가 먼저 나서려고 하는 것일 테지.

하지만 지금으로서는 무리를 해서는 안 되었다.

아직 준비해야 할 것이 많았다.

실상 마을에 강시를 보낸 것 또한 현재의 그들로서는 무리라고도 할 수 있는 수준이었으니. 잠시지만 숨을 골라야 했다.

"되었다. 이쯤 되면 눈치를 채도 크게 챌 터이지. 조금은 참아 주어야 하겠구나."

"쳇. 좋다가 말았수다. 차라리 이럴 거면 다른 사형들에게 맡기든가 하시지 그랬소?"

"실패를 할지는 몰랐다. 흐음…… 호북을 흔들 계획을 조금은 뒤틀어야겠구나."

지주의 머리가 복잡하게 돌아간다.

'후우…… 이럴 줄 알았으면…… 사파의 세력권에서 시작하는 것이 더 편했을지도…….'

중원을 상대로 호북성에서부터 시작될 그들의 계획이 조금이지만 어그러졌으니 속내가 복잡한 것도 당연했다.

"뭐 좋소. 상황이 그러니…… 이해는 해야겠지. 하지만 다음에 호기신의에 관련된 일이라면 내가 먼저요?"

"허허. 호승심이 생기는 것이더냐?"

"솔직히 그렇소."

그도 무인이다.

비록 사형제들 중에서 가장 고수는 아니나, 호승심만큼은 누구에게도 지지 않는 그였다.

사연이 있어 뒤에서 머물러 있기는 하나, 무인이기에 호승심이 생기지 않으면 그게 더 이상하였다.

"허나…… 우리의 가장 큰 명제는……."

"알고 있소이다. 그래도 다음 기회는 사형이 만들어 줄 수 있지 않소이까?"

"흐음…… 알았다. 알았어. 꼭 이럴 때만 고집이구나."

다음에도 일을 맡겨주겠다는 지주의 말에 낭인의 표정이 더욱 크게 풀어진다. 진정으로 기뻐하는 표정이다.

"하하하. 나야 원래 그런 놈이 아닙니까? 잘 부탁하오이다."

"나 원…… 알겠다. 다음이 되면 가장 먼저 부르마. 그러니 호북에 있도록 하고."

"그 정도야 못 하겠소이까? 그럼 먼저 가 보오."

호북을 중심으로 무언가가 벌어지고 있었다. 이번의 일은 운현과 남궁미가 잘 막아내었으나 과연 다음도 그럴 수 있을까?

호북의 전 산적들을 동원하여 공물이 사라지는 일련의 사태 또한 이들이 일으킨 것이 분명할 터.

불량이라 말하지만 강시를 비밀리에 생산해내는 능력과 동창에도 들키지 않고 움직이고 있는 능력까지.

보통이 아닌 그 누군가들이 은밀하게 몸을 숙인 채로, 암약을 벌이고 있었다.

폭풍의 핵과 같은 호북의 안에서 과연 운현이 명의로서의 삶을 조용히 살아갈 수 있을지는 그 누구도 알지 못할 일일 터.

그의 고생길이 훤히 그려져 가고 있었다.

     * * *

'적응해서 좋을 것도 없는데…….'
왕 의원의 장례를 손수 치렀던 운현이다.
무슨 일이든 첫 번째가 가장 어렵다는 말을 증명하듯 두 번째의 장례는…… 좋지 않게도 전보다 익숙했다.
죽어 버린 많은 마을 사람들과 특히나 장준원의 죽음.
생각지도 못한 이들과의 이별은 운현이 있음으로서 조금씩 희망을 가져가던 마을 사람들에게 많은 슬픔을 안겨다 주었다.
슬픔에 고하가 있겠느냐만은 그 중에서도 가장 많은 슬픔을 가지게 된 이는 역시 장지민이었다.
그녀는 아직 어렸고, 많은 이들의 보듬음을 받을 때였다. 결코 장례식을 손수 치러야 할 나이가 아니었다.
환생을 한 운현과는 또 다른 상황인 것이다.
"끝이군요."
"의원님 덕분입니다. 정말로 덕분이지요."

"그럴 리가요. 여러분들이 잘 해 주셨습니다. 정말로요."

마을 사람들은 힘들 것이 분명함에도, 장례를 치르는 데 한 점 부족함이 없었다.

"하하. 비록…… 힘들기는 하지만…… 누군가를 떠나보내는 게 익숙하니까요. 그게 우리 마을의 삶 아닙니까."

"……예."

죽음이 익숙하다라?

이건 무언가 잘못된 것이다. 아니 잘못된 것이 확실하다.

죽음이 익숙해서는 안 되었다. 이곳은 전쟁터도 아니며, 오직 죽음만이 있는 지옥과 같은 곳이 아니다.

'살아야 할 사람들…….'

살 자들이 살아가는 곳이다. 이들의 병을 치료만 할 수 있었더라면, 이런 일은 벌어지지 않았으리라.

이들이 천병에 걸렸다 하여 돌팔매질을 받을 일도, 죽음에 익숙할 이유도 없었으리라.

'……의원들이 더 필요하구나.'

시대를 비트는 것이든, 아니면 그가 하는 치료 행위들 자체가 시대에 맞지 않는 것이든 모두 상관없었다.

사람이 이렇게나 쉬이 죽어가는 곳인데, 사람 좀 살리려고 한다고 문제가 될 리가 있겠는가.

'사람…… 의원. 병. 약학. 할 게 많군.'

마음이 홀가분해질 법도 하건만, 그는 되려 많은 짐을 안게 된 듯했다.

해야 할 것이 많았다.

"자아, 움직이자고. 이제 그만해야지?"

"……그래."

그가 가만 사람들을 바라보고 있으려니, 마을 사람들은 환자임에도 불구하고 오히려 더욱 힘을 내며 움직이려 하고 있었다.

그들 나름대로 죽음 뒤의 이별이 주는 아픔을 씻어내는 방법이리라.

하나, 둘씩 일어난다.

비록 정상인들보다는 힘들 테지만 그들이 움직이는 데는 끊임이 없었다. 부상자라 하더라도 무언가를 하려 했다.

그들의 가운데에서 아무것도 하지 않는 이는 오직.

"민아. 이제 그만 가야 하지 않겠니?"

"……."

장지민뿐이다.

안 그래도 말수가 적었던 그 아이는, 아버지였던 그가 죽고 나서부터는 더욱 말이 없어졌다. 침묵만이 자신을 지켜주는 것이라 여기는 듯했다.

'그럼 안 되지.'

그녀는 행복해야 했다. 그것이 장준원의 유언이다.

자신이 스승인 왕 의원의 유언에 따라 명의가 되기 위해 움직이듯, 그녀도 분명 행복해지려 노력을 할 것이다.

그래도 지금은.

"잠시는…… 힘들어도 좋다. 그래도 움직여야 하겠지? 응?"

"……예."

움직여야 했다.

장준원이 유언했듯, 운현은 그녀를 책임질 생각이었다. 그녀가 행복해질 때까지, 자신을 지킬 수 있을 때까지.

'어째…… 죽음이 항상 무언가를 나에게 안겨주는 것 같군.'

명의. 운민. 사람들.

일이 있은 이후에는 그에게 주어지는 짐이 조금씩이지만 생겨나가는 듯했다.

가슴어림에서 느껴지는 묵직함이 새롭게 주어진 책임감이 겠거니 생각하는 운현이었다.

한참을 두고 운민을 달래고, 움직이기 시작한다.

마을 사람들 또한 그들이 떠나갈 것을 이미 직감하고 있었던가.

그들은 성대한 송별회를 만들지는 않았다.

때가 되어 놓아주는 것처럼, 마치 아무 일도 없다는 듯 묵묵히 자신들의 할 일만을 할 뿐이었다.

가는 자는 가는 대로, 새로 오는 자는 오는 대로.

그것이 이곳에 살아가는 마을 사람들이 익힌 세상을 살아가는 방식이리라. 오고 가는 자들 모두를 마음에 두기에는 그들의 삶이 너무도 무거웠으므로.

"휴우. 잘들…… 하시겠지."

심한 부상을 입은 자들은 이미 죽었다. 얕은 부상을 입은 자들은 이미 치료한 지 오래.

잠시지만 그들이 일을 제대로 하지 못해도, 살아갈 만한 양식은 충분히 마련해 놓았다. 며칠 사이지만 부산히도 움직였으니까 된 일이다.

'이번에 떠난다 해서 끝은 아니니…….'

언제고 다시 올 게다. 그도 아니면 그들을 돕기 위해서 무언가 보내기라도 할 생각인 운현이었다.

"끝이군요?"

"예."

남궁미다.

그녀 또한 이곳에 적응을 한 것인지, 달리 말은 없었다.

대신에 그녀는 그녀다웠다.

무인으로서, 남궁가의 무인으로서 해야 할 일을 했다. 보는 것만으로도 불길한 강시의 수급을 몇 개 챙겨든 그녀다.

그녀의 말로는 조사를 할 필요가 있으니 챙기는 것이라 했다.

'과학적 계측 같은 건 없어도…… 무인들 나름의 방식이 있겠지.'

더 생각해 보아야 피곤하기만 할 일인지라, 운현은 그녀가 강시의 수급을 챙기는 것에 대해 달리 말하지 않았다.

"자아, 가봅시다."

떠날 사람은 떠났다.

남은 이들이라 해서 그들에게 얽매여만 있을 수는 없는 노릇이지 않은가.

새로운 출발을 위하여, 남을 자들은 남고 떠날 자들은 떠나기 시작했다.

남궁미, 이운현, 장지민.

그들이 새로운 시작을 향해 움직이고 있었다.

第九章
꼼꼼히 움직이다

 자귀현과 의창현의 경계에 있던 마을이다.
 동쪽으로 조금만 움직이면 바로 의창현이었기에, 그들이 의창현에 닿는 데는 그리 오랜 시간이 걸리지 않았다.
 본디 남궁미도 말수가 적은 편인데다, 장지민의 경우 침묵에 가까운지라 현으로 오는 길은 조용하다 못해 적막했다.
 "기다리고 있었습니다."
 의창현에 도착을 하자마자, 남궁가의 무사들 몇이 일행을 기다리고 있었다.
 낯이 익은 영철이 없는 것을 보아하니 그들은 이미 남궁가의 영역으로 건너간 듯하다. 지금 있는 이들은 호북성에 있는 작은 지부에 자리한 이들일 게다.

장례가 치러지기 전 남궁미가 날린 전서를 보고 왔을 것이 뻔한 그들이다. 며칠 만에 이곳까지 오려면, 꽤나 고생을 했을 것이다.

덕분인지 그들의 눈가는 거뭇했다.

"이것부터 받으시지요."

"이것이…… 그것입니까?"

"예."

남궁미는 강시의 수급부터 전했다. 수급은 이들이 이곳에 온 모든 이유이기도 한 것이었다.

"수는 다수. 하지만 알려진 것보다는 약했습니다. 그것이 다수이기 때문인지, 문제가 있어서인지는 알아보아야겠지요."

"조사단의 파견은 가주님께서 미뤘습니다. 아무래도 장소가 장소인지라……."

"이해합니다."

천병에 걸린 자들이 있는 곳이지 않은가.

꺼리는 자들이 많을 것이다. 가고자 하면 못 갈 것도 없지만, 그녀가 수급을 가져왔으니 굳이 그럴 필요는 없었다.

"먼저 가보시지요. 곧 따라가겠습니다."

"예!"

남궁가의 무사들이 우르르 몰려가고, 남은 자는 다시 셋이 되었다.

남궁미는 장지민과 운현 둘을 지그시 바라보더니, 작게 한숨을 쉬고는 말을 건네기 시작하였다.

"신의님은 무당에 가시는 게 좋을 겁니다. 이 수급을 챙겨서요."

"무당에요?"

왜 모든 수급을 넘기지 않았는가 했더니, 운현에게 넘기기 위함인 듯했다.

불길한 물건이나 다름없는지라 받는 것이 꺼려지기는 한다. 하지만 그녀가 자신을 위해서 준비를 한 것이니 받지 않는 것도 결례였다.

"예. 황녀님께는 서찰을 날리는 것이 우선일 것이고, 그 이전에 무당에 갈 필요가 있습니다."

"왜인지요?"

"강시의 출현은…… 관의 일이라기보다는 무림의 일이라 할 수 있습니다."

"으음……."

무림과 관을 굳이 따로 두고 생각지 않는 운현이다. 허나, 충고를 하고 있는 남궁미가 그리 말하니 귀담아 들을 필요는 있었다.

'어느 지역마다 관례라는 것이 있으니…… 무림이나, 관이나 없을 리가 없겠지.'

잘 모르는 관례이니 들어둬서 나쁠 것은 없었다.

남궁미는 확실하게 말을 해 주기 위해서인지, 말수가 적은 평소보다 훨씬 많은 말을 하고 있었다.

"본래 신의님이 무림의 일에 나서지 않으려고 하는 것을 압니다. 하지만 꼭 가야 합니다. 그리하지 않으면 더욱 복잡해질 수 있습니다."

"그게 무림의 상례입니까?"

"예. 지금은 귀찮으실지 몰라도 나중에 편하기 위해서는 그게 옳습니다. 어쨌든 호북성에서 일어난 일이니까요."

"흐음……."

무림에서의 호북은 무당의 영역이며, 또한 제갈가의 영역이다.

하지만 굳이 인연이 있는 곳을 따지자면 운현이 속한 이 통표국은 무당파에 연이 닿아 있는 터.

그녀의 말은 단 한 점도 옳지 않은 말이 없었다. 결국 그가 할 말은 전해져 있었다.

"……예. 그럼 무당으로 움직이도록 하지요."

"잘 생각하셨습니다. 그리고……."

그녀의 볼이 약간이지만 상기된다. 무슨 말을 하려는 것이

길래?

"……언제고 남궁가에 한번 꼭 찾아주시지요. 아버지와 약조를 했다고 들었습니다."

이 말이 부끄러운 것일까? 알다가도 모를 일이다.

"아아. 기억하고 있습니다. 일이 수습되고 여유가 생기면 꼭 들르도록 하겠습니다."

"꼭이요? 아버지가 많이 기다리고 계십니다."

"예. 꼭이요."

"그럼 먼저 가보겠습니다."

과연 아버지일까. 그녀일까.

잠시지만 운현을 가만 바라보던 그녀가 인사를 올리고는 남은 둘에게서 멀어져 간다.

이제부터 그녀는 남궁가의 자제로서 해야 할 일이 있으리라. 그게 무엇이 될지는 몰라도, 마을에서의 일이 있으니 한가한 일은 결코 아닐 것이다.

의창현 어귀에서 잠시동안 머물렀던 남궁미가 떠나갔다.

*　　*　　*

무당파.

그곳에서 운현을 맞이한 것은 자소전의 운인 도장이었다.

무당파에서 그를 업신여기는 것은 아니었다.

비록 호기신의로 이름을 날리고 있다고는 하나 그는 무림의 초출이라면 초출이잖은가. 그런 그를 도장 정도가 나서서 맞이한 것은 꽤나 그를 신경 쓰는 일면이었다.

"허허. 결국 무림과 인연이 닿은 듯하이? 황녀님의 일은 잘 해결하고 왔는가?"

미리 무언가를 들었음인가. 아니면 운현이 무당을 찾아온 것에 대한 이야기인가.

"예. 덕분입니다. 무림의 일은…… 피하려고 했지만 뜻대로 되지 않더군요."

"무량수불…… 본디 삶이란 게 그러한 것이네. 피한다 해서 피해지는 것이 아니지."

"그런 듯싶습니다. 인사부터 올리겠습니다. 그간 강녕하셨는지요."

"강녕하지 못할게 무에 있겠는가. 다만 근래에 호북이 어지럽기는 하더군."

공물 사건의 주범인 산적들.

평소 산적은 무당에서 도맡아 처리하던 자들이다. 정파를 표방하고 있는 무당이니 당연한 일이다.

헌데 이번 공물 사건에서 무당은 아무런 일을 하지 못하였다.

아니 되려 무능했다고도 할 수 있었다. 그 많은 산적들이 움직였음에도 대비를 하지 못했으니 당연한 일이다.

그나마 위안 삼을 거리가 있다면 제갈가 또한 대비를 못한 것 하나이리라.

"예. 그 어지러움을 두 번 겪을 줄은 몰랐습니다. 그것도 직접 말이죠. 이미 어느 정도는 예상하셨겠지요?"

"허허…… 어쩐지 남궁가의 무사들이 호북에서 바삐 움직이더군."

확실히는 모르는 것인가. 다만 호북에서의 움직임을 보고는 무언가 일이 있다는 것은 예상하고 있는 듯했다.

"황녀님의 일은 잘 해결했는가?"

"예. 하지만…… 다른 문제가 생겼었습니다."

"남궁의 무사들이 호북에서 움직였다 들었네. 예를 아는 그들이 일이 없고서야 움직일 리는 없었겠지. 그래 정확히 무슨 일인가?"

"……실례이오나 이것부터 보여드리겠습니다."

운현은 조심스럽게 무당에 오르기 이전 저 밑에서부터 가져 온 강시의 수급을 꺼내어 들었다.

'여전하군…… 방부제 기술이라도 있는 건가.'

시간이 지나, 썩어버릴 법도 하건만 대체 무엇으로 단련을 한 것인지 수급은 썩지 않은 그대로였다.

운인 도장이 한시도 눈을 떼지 않은 채로 수급을 바라보았다. 무언가를 탐색하는 듯 끊임없이.

"허허…… 팔이라. 그것도 괴이한 기운을 뿜어내는 팔이로고?"

"강시였습니다."

"……그러한가? 확인은…… 아니 남궁가의 아이가 해 주었겠지. 강시라. 강시……."

도장은 강시라는 결과를 피하고 싶어서 먼저 자신의 입에서 꺼내지 않았을는지도 모른다.

하기야, 호북에서 강시라니!

사파의 영역도 아닌 이곳에서 강시가 나타난 것은 보통의 일이 아니다. 아니, 말도 안 되는 소리다.

이 긴 역사상 강시가 한 번도 나온 적이 없는 것은 아니다. 하지만 이런 식으로 등장한 적은 결단코 없었다.

차라리 저 멀리 있는 마교가 침공한다는 것이 더 믿음직스러운 가설이리라!

그가 놀람을 수습하고는 묻는다.

"몇이었던가?"

"스물 셋입니다."

"어떻게 처리를 했는가? 다른 무사도 없지 않았던가. 둘이서 그게 가능하였는가?"

운현의 일거수일투족의 전부는 아니어도 일부는 파악하고 있었던 듯, 둘 외에 도와줄 이가 없다는 것 정도는 도장도 알고 있었다.

 "예. 둘이서 처리를 했습니다. 도장께서 주신 선천생공이 잘 먹혀든 듯합니다."

 "허허. 천운이 닿은 게로군. 허나 정상적인 강시라고 한다면…… 아무리 선천생공이 대단하다고는 하나……."

 뒷말은 듣지 않아도 뻔했다. 제대로 된 강시였다면 운현과 남궁미가 죽었을 것이었다는 말이겠지.

 확실히 이번에 그들이 상대한 강시는 약한 감이 없지 않아 있었다.

 '그래도 그 약한 강시에…… 너무 많은 사람이 죽어 버린 것이 문제인 거지.'

 죄 없는 이들이 죽었다.

 겨우 희망을 가지고 살아가던 사람들이 죽었다. 덧없는 죽음. 그것이 문제였다.

 "천운이라…… 마을에서 죽어 버린 사람들에게는…… 그런 천운이 닿지 못한 것이겠지요."

 "……미안하네. 내 거기까지는 생각하지 못했군. 정말로 미안하네."

 도장은 운현의 말을 듣자마자 바로 자신의 경솔했던 말을 사과했다.

"아닙니다. 제가 부족하여 모두를 지키지 못한 것이지요."

"허허…… 미안하네. 하지만 모든 짐을 짊어질 필요는 없다."

그 뒤로 둘은 한참을 두고 강시에 대한 이야기를 계속해 나갔다.

사안이 워낙 중요한 일이기에 운현 또한 자신이 알고 있는 바를 최대한 표현해 나가려 애를 썼다.

그의 말을 듣는 도장 또한 단 한 점의 의문이라도 풀기 위하여 계속해서 질문을 하고, 그 내용을 기록해 나아갔다.

일견하자면, 토론을 하는 듯한 모습이지만 호북에 있어 그 중요성은 결코 낮지 않은 대화였다.

그 결과는.

"묘하군. 묘해. 일이 아주…… 무언가가 호북을 노리고 있음이니. 흐음……."

"분명 일이 벌어지고는 있습니다."

호북에 무언가가 벌어진다는 이야기뿐이었다. 깊이 파고 들어 가기에는 정보가 적었다.

"어서 보고를 해야겠군. 미안하나, 내 먼저 움직여야 할 듯하군."

"괜찮습니다. 당연한 일이지 않습니까?"

"내…… 이번 일의 공로에 대한 건 꼭 이야기를 하겠네."
"굳이 공로를 바라고 한 일은 아닙니다."
"아니네. 무언가 일이 벌어지고 있음이니……. 이럴 때일수록 확실히 움직여야 하니, 다른 말은 말게."
"……그러시다면, 알겠습니다."
공로라.
이통표국에 대한 무언가나, 두 형들에 대한 보상이 있을 것이 분명했다. 그 정도로도 충분한 일이었다.
운인 도장이 움직이고, 홀로 남게 된 운현이다.
그는 한참의 시간이 지나고서야 뒤늦게 들어온 어린 나이의 속가제자 덕에 그가 머물 숙소와 오랫동안 떨어져 있던 두 형을 잠시 볼 수 있었다.

* * *

"꼭 조심해야해. 본가로부터 보내주는 약들은 꼭 챙겨먹고."
"아무렴! 내 배탈이 나도 꼭 챙겨 먹을게!"
"언제나 고맙다. 막내가 있어서 그래도 든든하구나."
형들과의 만남은 그리 길지 않았다. 길 수가 없었다.
오랜만에 만났음에 반가움은 깊었다. 허나 그들이 있는

무당파가 너무도 어수선하였다. 운현이 가져온 소식이 있으니 그 또한 당연했다.

상황을 이해하지 못할 만큼, 어수룩한 형제들은 아녔다. 그들은 해후를 나누기보다는 해야 할 일들에 대해서 이야기를 나누었다.

상황이 좋지 못하니, 수련을 게을리하면 안 된다는 점. 앞으로 영약을 보낼 터이니 그것을 복용해야 한다는 것.

이통표국은 성세를 자랑하고 있고, 부모님이 기대를 하고 있으니 아무 걱정 없이 노력을 하라는 이야기까지.

소소하면서도, 형제 하나, 하나의 앞으로에 대한 이야기들이 펼쳐지고, 접혀지며 정리되고 풀어져 나아갔다.

"잘 부탁해. 부모님도, 표국도."

"형들이 어서 와서 해야지. 하하. 조심하고. 정말로. 조심 또 조심해야 해!"

"아무렴! 수련이나 하는 형들이 무슨 일이 있겠냐? 막내야말로 조심하라고."

"응! 그럼 먼저 가 보도록 할게."

느껴지고 생각나는 모든 것을 이야기하자면 몇날 며칠이 있어도 끝이 없을 것이기에 세 형제는 모두 아쉬움을 남긴 채로 이야기를 끝냈다.

"잘 가라!"

"꼭! 몸 챙기고! 명의가 되기를 매일 천존님들께 빌어주고 있다고!"

열심히 손을 흔든다. 무릎 닦는 무림인이 아닌 어린아이들이 된 것처럼.

그렇게 운현은 무당파에 부산함과 형제애에 대한 애착을 남기고서는 금방 무당을 떠났다.

그, 그리고 그와 함께 했던 남궁미의 발걸음이 크게 움직이면 움직일수록 호북성에는 부산함이 더해져 갔다.

형들은 잘할 것이다. 막내인 자신 또한 잘할 것이고. 그게 형제들이 서로에게 가질 수 있는 최상의 믿음이었다.

날이 갈수록 믿음직스러워져 가는 형들의 뒷모습을 한참을 두고 바라보던 운현이다.

더 오래 있고 싶어하는 형들이었으나, 무당파에서 그들이 해야 할 일이 있기에 운현이 뒷모습을 지키는 거였다.

끝의 끝까지 그들을 바라보던 운현은 뒤를 돌아보며, 자신의 뒤를 지키고 있던 아이를 바라보았다.

어린아이.

하지만 꽃 몽우리가 피어나면 한 떨기의 아름다운 꽃이 될지도 모를 아이가 평온한 표정으로 그를 바라보고 있었다.

'슬픔을 숨기는 것인지…… 삭히고 있는 것인지 모르겠

군. 어느 쪽이든 좋지 않지.'

또래의 아이들처럼 정상적인 반응을 해 주면 좋았으련만, 아이는 마을을 벗어나서도 여전했다.

그녀의 기분을 더 밝게 해주기 위해 운현이 기운을 불어넣으며 말해 보았다.

"가 볼까?"

"예."

"표국에 도착하게 되면 많이 놀랄 거야. 그래도 잘 적응할 수 있지?"

"예."

"하하. 그래. 민이라면 잘 하겠지. 아무렴!"

장지민은 소설 속에 나오는 고아 아이들처럼, 천재는 아니었다.

하지만 노력할 줄 아는 아이였고, 천재 정도는 아니어도 수재는 되었다. 그것만으로도 발전할 여지는 충분하지 않은가.

'많이 도와주고 노력을 한다면…… 언제고 자립을 할 수 있겠지.'

그리고 그 언젠가 이 아이도 행복해 질 수 있지 않을까?

라고 작게 바라 보는 운현이었다.

*   *   *

 "다행히도 남궁가의 협조 덕에 바로 알아볼 수 있었습니다."

 "크흠…… 근래에 들어서는 지원당뿐 아니라 우리 세가가 제대로 돌아가는지를 모르겠군."

 "죄송합니다."

 "아닐세. 나 또한 이번 일은 전혀 예상하지 못했네. 지원당 사람들 또한 공물 일로 매달려 있지 않았던가."

 언제나 한 발짝 늦는 제갈세가였다. 천리를 읽어 미래를 예측하기도 한다는 그들의 명성에 전혀 어울리지 않는 근래였다.

 '슬슬…… 제대로 움직여야 할지도…….'

 어쩌면 그동안의 평화가 너무 길어 그랬을지도 모를 일이다. 무림인인 그들이 평화에 길들여져서는 안 되었다.

 그래서야 그들의 칼은 녹이 슬고, 무(武)는 무뎌질 것이다.

 "지급을 날리게나."

 "등급을 어찌합니까? 설마……."

 "등급은 전세(戰勢)일세."

 전세. 그들이 말하는 최고의 경계의 수준이다. 벌써 몇 번이고 상황 파악이 늦었으니, 가주도 결단을 내린 것일 게다.

"알겠습니다. 바로 움직이도록 하지요."

제갈가가 분주해졌다. 전시 태세로 들어선 그들은 결코 놓치는 바가 없으리라. 아니 그렇게 되도록 노력할 그들이었다.

第十章
준비를 하다

 무당파에서도 그리했던 것처럼, 운현은 표국에 돌아오자마자 아버지부터 찾아 지금까지의 사정을 설명했다.
 평소의 표국이었더라면 운현이 장지민을 데려온 것에 더 놀랐을 거다.
 하지만, 그 이상으로 놀랄 것은 넘쳐났다.
 강시가 등장하곤 하면 무림이 혼란으로 치달았다. 강시라 하는 건 때로 천병보다 무서운 것이다.
 "……상황이 이리되어 조금 늦게 오게 되었습니다."
 "아니다. 수고가 많았다. 그나저나…… 강시라…… 혼란스럽구나."

표국의 국주로서는 차고 넘치는 자신의 아버지다. 하지만 수상한 시절을 헤쳐 나가기에는 다소 부족할 수도 있는 아버지였다.

허나 운현은 자신의 아버지를 믿었다.

'잘 해나가실 분이다. 조금만 도와드리면 위기를 기회로 삼으실 분.'

잠시 혼란스러움을 느낄 수는 있을지언정, 자신의 자리에서 최선을 해 나갈 자신의 아버지다.

"강시라고 하더라도, 약했습니다. 다만 모든 강시가 그럴지는 모를 일이지요."

"아무렴! 네가 선천진기를 익히고 있어 유리한 점도 있었을 것이다."

"예. 무당의 운인 도장님도 그리 이야기를 해 주시더군요."

"흐음…… 강시라. 그리고 공물을 노리는 자들도 있었지."

이후원은 무언가를 고민하는 듯, 곱게 자란 수염을 쓰다듬으며 짐짓 깊은 침묵에 빠져 들어갔다.

상황을 정리하고, 앞으로에 대한 방향을 잡아가는 것일 게다. 그는 작은 가문의 가주며 동시에 표국의 국주이니까.

책임자는 항상 많은 것을 생각해야 하는 법이다.

그의 생각 뒤에는 아버지로서 또한 국주로서 운현에게 무언가 부탁을 할지도 몰랐다.

무림이 혼란에 들어서게 되면, 고양이 손이라도 빌려야 하는 판이니, 아버지가 운현에게 부탁을 하는 것도 당연했다.

'오행환을 더 많이 만들어야 하려나.'

무슨 부탁을 할지 예상을 해 보고 있으려는데, 그의 아버지의 첫마디는 부탁이 아니었다.

"미안하다. 아비로서 미안하구나."

"예?"

되려 미안함으로 가득했다.

"앞으로 네 도움을 많이 필요로 할지도 모르겠구나. 이 아비가 부족한 탓이다. 미안하다."

"아니, 아닙니다. 당연히 해야 할 일이지요."

자식이 아버지를 돕는 것은 당연한 일이다. 그게 효도이며 도리다. 그런데 그것을 미안해할 줄이야.

'아버지……'

겉은 강직하나, 때로 여린 속을 가지기도 한 아버지이기에 그에게 사과를 하는 것이다.

그 마음씀씀이를 느끼는 운현으로서는 왠지 모르게 속이 아릿해졌다.

"표국의 모든 사람들이 분주해질지도 모르겠다. 허허. 조금 여유를 가지는가 싶었는데, 일이 생기는구나."

"그러겠지요. 수상한 시절입니다."

준비를 하다 195

"그래. 네 말대로, 그리 좋은 상황만은 아니다. 허허."

"아버지……."

"너무 그리 바라보지 말거라. 이 아비가 비록 아들 손을 빌리기는 하지만, 그래도 현역이 아니더냐? 잘 할 거다. 염려 말거라."

상황이 이러한데 운현이라고 해서 가만있을 수 있겠는가.

명의가 되기 위해서 움직이는 것에 더해서, 표국을 위해서도 움직여야 할 상황이었다. 가족으로서 당연한 일이다.

사과를 하고 진심을 전했던 그가, 더욱 목소리를 높여 말한다. 미안함도 미안함이나, 아비로서 아들에게 믿음을 심어주려 그러는 것이다.

"표국을 한 번 더 재정비해야겠구나. 그동안에, 운현이 너도 한번 계획을 잡고 움직여 보려무나. 이 아비가 뒤에서 지원을 해 줄 터이니."

"예. 노력해 보겠습니다."

"이 아비는 언제나 아들을 믿는다. 잘해 나가보자꾸나."

"……예."

가족이자 아들로서, 아버지의 기대에 미칠 수 있도록.

또한 마을에서 있었던 일이 다시 일어나지 않도록 하기 위해서라도 더욱 정진하려는 운현이었다.

'되도록이면 나의 힘으로…….'

미안해하는 아버지를 도우리라. 더 나아가서 표국의 사람들을 지키고, 고향 등산현의 사람들을 지킬 것이다.

 *　　*　　*

홀로 움직인다 해도 큰일은 할 수 있다.
허나 한 손보다는 두 손이 나은 법이다. 누군가와 같이 움직인다면 더 큰일을 할 수 있는 것은 더욱 당연했다.
이후원은 아들 운현에게 일을 맡기면서도 자신 또한 움직이기 시작했다.
아들을 믿지 못해서가 아니다. 함께하면 더욱 빠른 발전을 할 수 있음을 알기에 움직이는 것뿐이다.
"잘할 아들이지."
가장 먼저 가야 할 곳은 표국의 중심처라 할 수 있는 의인당(義人黨)이다.
표국의 확장 공사를 하면서 만들어진 곳으로, 기존에 있던 표두 넷을 포함하여 총 열하나의 표두들이 머무르는 곳이다.
의인당은 열한 명의 표두가 머무르고도 아직 반 이상은 비어 있는 곳이기도 했다.
국주인 이후원이 앞으로 이통표국이 크게 번성할 것을 기원하면서 현재의 규모 이상으로 크게 만들어 놓은 덕분이다.

의인당에 있는 모든 표두들의 숙소가 차는 날이 이통표국이 호북의 거대 표국으로 발돋움하는 날이기도 했다.

"다들 있는가?"

다른 표두들도 있지만 이후원은 기존의 표두들부터 찾았다. 어려움을 헤쳐 나가려면 이들이 가장 필요하다 여긴 덕이다.

가장 믿을 만한 자들은 본래부터 이통표국을 지켜 왔던 자들이다.

그 실력은 새로이 들어온 자들에 비해서 부족할지 몰라도, 이들이 가진 신의만큼은 최강이었다.

의인당의 이름부터가 이들을 위한 이름이었으니, 이후원 또한 그들에 대한 신의를 지키고 있는 셈이었다.

"하하. 국주님이 이곳에 어인일이십니까?"

고 표두가 밝은 얼굴로 그를 반긴다.

다른 표두들과 다르게 절정으로 강한 실력을 가진 그는, 그 강한 실력으로 기존 표두들의 체면치레를 해 주고 있었다.

근래에 들어서는 무엇을 또 화두로 둔 것인지는 몰라도, 육체로 하는 수련보다는 그답지 않게 사색을 즐기곤 했다.

"고 표두로군. 다른 이들은 어디 갔는가?"

"아시다시피 한 표두는 표행에 나갔고…… 장 표두와, 김 표두는 수련 중입니다."

"항상 열심히로군."

기존으로부터 표국에 머물러 있는 표두들이라고 해서 언제까지 그대로 머물러 있어서는 안 되었다.

운현과 이후원 부자가 그들을 챙겨주는 것도 한계가 있는 터. 챙겨줄 때 더욱 정진해야, 새로운 이들로부터 자리를 지킬 수 있는 법이다.

"당연한 거 아니겠습니까. 하하. 도련님이 영약도 챙겨주었는데 열심히 해야지요."

"그러지 않아도 항상 함께하기로 하지 않았는가?"

"당연히 국주님을 믿지요. 하지만 나태해져 보아야 좋을 것이 없지 않습니까? 하하."

"그런 것 치고는 고 표두 자네는 항상 숙소에 있는 듯하군. 허헛."

적당한 농이다. 굳이 몰아붙이지 않는다 하더라도, 고 표두가 열심히 할 것을 알고 있는 국주다.

"그나저나 국주님도 바쁘시지 않습니까? 새로이 정리를 하신다고 들었습니다."

"흐음…… 무리(武理) 정리도 물론 중요하기는 하지. 아무리 해도 부족한 것이 그것이니까……."

"그럼에도 이곳에 오셨다는 것은 무언가 다른 일이 있음이군요?"

"그러네. 자네들이 열심히 하고 있음을 알고는 있네. 하지만 조금 재촉을 해야 할 듯싶군."

상황이 좋지 못하니, 이들부터 노력을 해야 했다.

표국의 가장 큰 중심은 국주요. 그 다음으로 중요한 자들은 표두이니 당연한 이야기다.

"도련님으로부터 무언가 들으셨군요."

"그러네. 천병이 걸린 자들이 있다는 그곳에서……."

운현으로부터 전해 받은 이야기를 그대로 고 표두에게 말하는 국주였다.

놀람을 표현하던 고 표두다. 사안이 사안이니만치 고 표두라 할지라도 놀라지 않을 수는 없었다.

"……상황이 심각하군요."

"그러네."

"하…… 강시라니…… 하기는 공물행때부터 뭔가 이상하게 돌아간다고는 생각했습니다."

"크흠……."

심각한 어조로 대화를 이어 나가는 둘이다.

그 사이 표두들은 수련이 끝났는지 어느샌가 모여들기 시작했다.

심각한 분위기에 이야기에 끼어들기보다는 경청을 하던 다른 표두들이 모두 심각한 얼굴로 변하는 것은 당연했다.

"그러니, 말로만이 아닌 좀 더 노력을 하는 것이 필요하게 되었네. 절차탁마(切磋琢磨)가 가장 어울릴 시기가 되어 버린 것이지."

"국주님은…… 단순히 대비만을 하시는 것이 아니시군요?"

의외로 핵을 찌르는 고 표두였다. 평소 가벼운 모습과는 달리 예리함이 있는 고 표두다.

다른 이들도 고 표두의 말에 무언가를 눈치챈 것인지 무언가 깨달았다는 눈빛을 했다.

국주 이후원은 순순히 인정을 했다.

"맞네. 아들 녀석이 오래전에 했던 이야기가 있네. 위기가 기회라는 이야기지."

"하하. 가끔 도련님은…… 묘한 말을 하고는 하시지요."

"어디 다른 세상이라도 살다 온 것처럼…… 모를 말을 하고는 하지."

"그러믄요. 그게 또 도련님의 매력이시지 않습니까?"

"허허. 있지도 않은 아들놈의 얼굴에 금칠을 다 하는구먼. 중요한 것이 무엇인지 이미 알잖은가?"

"이번 일을 기회로 크게 발돋움하시려는 겁니까?"

"솔직히 그러네. 난세가 곧 다가오겠지. 어려움이 올 것이고, 그 어려움을 헤쳐 나가는 것조차 힘들지도 모르네."

강시가 나온다. 산적이 출몰한다.

그것도 정파의 영역에서다. 호북이 사천만큼이나 많은 정파

문파가 있는 것은 아니지만, 심상찮았다.

지금까지는 호북에 국한된 일이라고는 하지만, 이 일이 과연 호북에서만 끝이 날까.

그러면 다행이기는 하나, 그렇지 않을 것이라는 건 역사가 증명했다. 지금의 일은 단순히 나비의 날갯짓같이 작은 일일지 몰랐다.

그러나 분명 이 작은 일에서부터 시작하여 무림 전체가 크게 흔들릴 때가 올 것이다.

그게 일 년, 이 년 혹은 십 년 후의 일일지는 그 누구도 모르지만, 흔들릴 때가 온다는 것 하나로도 충분했다.

"……전이었다면. 이통표국이 몇 년전 그대로였다면 이런 꿈을 꾸지 않았을지도 모르네. 몸을 보중하려 더욱 숙였겠지."

"하지만 상황이 변하였지요. 이제는…… 작은 표국만은 아니지 않습니까요."

"그러네. 그게 꿈을 꾸게 하였지!"

"……꿈입니까?"

"그래! 그러니 도와주게나. 이 표국이 크게 커지도록, 이 가문이 크게 번성을 할 수 있도록!"

뜨거운 눈으로 표두들을 바라보는 이후원이다. 표두들은 이후원의 눈빛에 자신들조차도 무언가 크게 뜨거움이 달아오르는 것을 느꼈다.

진심이 전해졌다. 그들의 마음에도 이후원이 말한 꿈이라는 것이 맴돌았다.

"하하. 호부에 견자 없다더니…… 도련님이 대단하신 이유를 알겠군요. 알겠습니다. 한번 해 보도록 하지요."

"저 또한…… 갈고 닦아 보겠습니다."

"표행을 나간 한 표두도 분명 동참할 겁니다."

"고맙네! 정말로 고마워!"

모두가 함께한다. 신의로 다져졌던 이들이 함께한다면 무슨 일이든 하지 못할 것이 무에 있으랴.

'현재는…… 작을지라도. 아니 부족할지도 모른다.'

허나 언제 또 이런 기회가 있겠는가. 모든 것을 완벽히 준비하고 움직이기에는 시기가 급박한 듯했다.

다만 위기를 기회로 삼기 위해서 움직일 따름이니.

목표한 바를 이루기 위해서 노력하고 또 노력할 뿐이었다. 노력. 그것 하나만을 바라보며 평생을 달려온 이후원과 표두들이지 않았던가.

앞으로 있을 것이 무엇이든 그들은 잘 해나갈 수 있을 게다.

* * *

아버지 이후원이 국주로서 사람들을 모으고 있을 때. 운현은 언제나 그러하듯 아직 협동보다는 홀로 움직이는 것을 선택했다.

아직까지는, 누군가와 함께 움직이는 것보다는 홀로 노력하는 것을 즐기는 그였다.

'무엇부터 할 수 있을까?'

아버지를 도와야 한다. 나아가 표국을 도와야 했다. 호북을 돌아다니면서 얻은 숙제들도 많았다.

그러기 위해서는 지금보다 나은 상황을 만들어야 했다.

'본래부터 하던 것을 하는 게 가장 좋을 거다.'

아직 구체적인 방안이 정해진 것은 아니다. 그래도 우선은 움직이는 것이 운현의 방식이었다.

일단 움직이다 보면 생각지도 못한 곳에서 방법이 나오기도 하니까.

운현은 집을 잠시 떠나기 이전에 자신이 보고 있던 무공서부터 꺼내 들었다. 크게 관심을 가졌던 것이니 제일먼저 꺼낸 것도 있으리라.

아버지인 이후원이 따로 관리를 잘 한 것인지 무공서에는 한 점의 먼지조차 없을 정도였다.

"중의원검(重意元劍), 항의운검(行義雲劍), 삼리일보(三里一步)."

금갑괴공을 제외하고 남은 무공들이다. 모두 흑점에서 가져왔으나, 조건을 확실히 했기에 뒤탈은 없었다.

금갑괴공만 하더라도 기존에 있던 표사들이 전부 익혔지만 문제가 전혀 없으니 조건이 지켜졌음은 말할 것도 없었다.

"금갑괴공은 약물을 이용해서 개조를 하는 것이니 할 만하긴 했는데……."

괴공의 핵심은 약물이었다.

그 약물이 얼마나 강하게 먹히느냐와 수련 중에 오는 고통을 견딜 수 있게 마취약을 만드는 것이 핵심이었던 것이다.

덕분에 금갑괴공은 빠른 시간 안에 개조를 하는 것이 가능했다.

쉽게 말해 궁합이 맞았던 거다. 그가 설사 무림의 종사 급의 수준이 아닐지라도 가능할 정도의 궁합이었다.

"으음…… 그런데 이 나머지 셋은 아무리 해도 감도 안 잡히는군."

중의원검은 중검. 항의운검은 쾌검. 삼리일보는 경공.

말이 쉽지 중검, 쾌검, 경공에 대한 개념이 잡히지를 않았다. 아니, 잡혀 있는 것이 이상하다 할 수 있었다.

진심으로 개념을 이해하고 있었더라면, 이미 깨달음을 얻어 높은 경지에 이르러 있지 않았겠는가?

구결대로 내공을 운용하고 쓰자고 하면 익숙하지는 않아도 쓸 수는 있다. 무리이기는 하지만 초식 운용은 가능했다.

하지만 경지가 낮은 운현으로서는 딱 거기까지다.

응용을 하는 것도, 극성으로 익히는 것도, 개조를 하는 것도 힘들었다. 단지 억지로 사용할 수 있을 뿐이다.

'무공 자체 경지가 낮기 때문이겠지. 기에 대한 이해도가 좀 더 높았더라면…… 될지도 모를 텐데.'

현재 그가 익히고 있는 가전무공 의형검법을 가문에 맞게 개량한 것은 운현의 할아버지다.

그가 무공을 개량하던 경지가 절정이지 않았던가. 게다가 개량할 무공을 두고 평생을 익혀왔기에 가능한 개량이었다.

이제 막 일류. 그것도 잘 쳐줘야 일류인 운현이다. 종사의 수준도 아닌 운현이 무공을 개조하는 것이 쉬이 될 리가 없었다.

"으음…… 금갑괴공 같은 것을 다시 구하거나 해야 하는 건가."

경지는 언제 오를지 모르는 것이지 않은가. 그렇다면 그에게 궁합이 맞는 무공을 구하는 것이 나았다.

그러나 그러자면 돈이 필요했다.

'아버지가 지원을 해 준다고 했으니…… 말을 한다면 돈을 주시기는 할 터.'

하지만 그 돈들은 황녀로부터 얻은 돈들이며, 가문의 미래를 위해서 저금하기로 한 돈들이 다수다.

그런 돈을 쉽게 사용하는 것이 내킬 리 없는 운현이었다.

"역시 그러자면 돈을 벌어야겠지. 그리고 당장에 할 수 없는 것들에 매달리기보다는 할 수 있는 것을 하는 게 낫겠고. 할 일도 많고."

무공 개량도 좋지만, 굳이 그것만 할 필요는 없었다. 할 것은 많지 않았던가. 마을을 다녀오면서 결심한 바도 있다.

약학과 의학에 의원들을 모집하는 것까지.

그의 새로운 결심이라면 결심이며, 그게 이번 봉사행을 하면서 그가 다시금 정립해 나가고 있는 명의로서의 길이었다.

일을 크게 벌이자고 하니 할 일이 많았으며, 돈도 필요했다.

"그러자면 우선은…… 역시 그거밖에 없네. 하참. 환생을 해서도 얽매이는 것은 똑같군."

돈을 벌어야 했다.

돈이 있어야 연구도 하고 무공도 얻을 수 있는 것이다. 돈이 있음으로써 행동의 제약을 풀 수 있다.

마을에서 돌아오며 많은 숙제를 안고 온 그의 첫 행보가 정해졌다.

* * *

지원당.

이곳이 제갈세가의 핵심이라 말하는 것에 누구 하나 토를 달 자는 없으리라. 다만 근래에 들어 그 위상이 떨어지기는 하였다.

세상사 모든 것을 파악한다고 자부하는 곳임에도 불구하고, 호북성 하나 책임지지 못하였기 때문이리라.

"자왈(子曰). 성사불설(成事不說) 수사불구(遂事不諫) 기왕불구(旣往不咎)라 말하셨다."

"또 공자님 말씀이신가요?"

그 안에서 뭐가 그리도 불만스러운 것인지, 제갈가에서도 말괄량이로 소문이 난 제갈소화가 잔뜩 퉁퉁대고 있었다.

그의 아버지이자 지원당주인 제갈민은 그녀의 그런 표정 또한 익숙한 것인지 자신의 할 말만을 이어나갈 뿐이었다.

"그래. 그만큼 널 가르치기 쉬운 것도 없으니, 달리 다른 말을 할 필요가 있겠느냐."

"논어 정도는…… 이미 익혔다고요."

"그럼 그 뜻을 아느냐?"

"대충 이야기 하자면……."

그녀의 말에 제갈민이 끼어든다.

"허허. 또 대충이더냐?"

역시나 지지 않고 달려드는 제갈소화였다. 그녀는 또 자신의 말이 끊길세라 바로 이야기를 풀어 나갔다.

"그래도 뜻을 잘 알잖아요! 이미 벌어진 일에 걱정은 시간

낭비니, 앞으로 일어날 일을 생각하자. 뭐 그런 뜻이죠 뭐."

"……진의(眞意)는 아니어도 표의(表意)는 알고 있구나."

"칫…… 또 그러신다. 이 정도만 알아도 뭐라 하는 사람은 없다고요."

그 정도로도 이미 충분하기는 했다. 하지만 제갈가의 사람으로서는 역시 모자람이 전혀 없다고는 할 수 없었다.

무공보다도 학문으로 더 유명한 곳이 제갈가였으니까.

"흐음…… 그래, 여기까지 하자꾸나. 다만 이 아비가 굳이 이야기를 한 이유는 알고 있겠지?"

"경계령이 내려졌으니, 지원당이 제대로 움직여야 한다는 의미에서 말하신 거겠죠."

"그래. 그렇다. 근래에 들어 지원당의 실수가 보통이었더냐. 너무 많은 것을 놓치고 있다."

"확실히요."

본래 지원당은 이러지 않았다. 일이 벌어지기 전에 먼저 파악하는 것이 우선인 지원당이 아니던가.

헌데 지금은 현재를 따라가기는커녕, 과거에 일어난 일조차도 제대로 파악치 못하고 있었다.

이래서는 안 되었다.

"내부는 이 아비가 단속을 하마. 그리하면 분명 지원당도 정상으로 돌아올 수 있을 게다."

"그렇다면 외부는요?"

"네 오빠들이 담당할 것이다. 그리고 소화 너는……."

그는 말괄량이로만 보이는 제갈소화가 걱정되는 것인 듯했다.

"일단 이야기 해 보세요. 할 수 있는 거면 저도 해야죠. 상황이 상황인데!"

"후우. 그래. 어쩔 수가 없지. 이통표국이라고 기억하느냐?"

"예! 호기신의가 있는 곳이잖아요. 파견 나갈 수도 있었던 곳을 기억 못할 리가 없지요!"

호북성에서 가장 떠오르는 표국 중에 하나가 이통표국이다.

제갈가는 그들을 주시하기 위해 자신들의 자제들도 파견할 계획을 세우고 있었다. 다만 근래에 일이 너무 많이 발생하여 계획을 진행치 못하고 있었을 따름이다.

본래는 제갈소화 외에도 제갈가의 다른 자제들도 가는 것이 그 계획이었다.

핑계야 표행에 관련된 것이든, 서로 친분을 쌓는 것이든 지어내자면 많았으니 일만 없었다면 진즉에 사람이 갔을 것이다.

"잔뜩 기대하고 있었다고요! 칫."

특히나 제갈소화의 경우에는 호기신의에 대해 무엇을 들었는지 몰라도, 그녀의 말대로 기대감이 가장 컸다.

지원당에 일을 담당해야 함에도 먼저 가겠다고 자원을 했을 정도이니 더 말할 필요가 없을 정도다.

"그래. 그래. 알고 있다. 하지만 상황이 좋지 못했지. 그래도 일단 움직이기는 움직여 줘야겠다."

"그대로 진행하는 건가요?"

"아니다. 이것은…… 지원당 측에서 진행하는 것이라기보다는 이 아비가 진행한다고 하는 것이 옳겠구나."

"호오…… 꽤나 거슬리시는 거군요?"

경계 태세에 있는 제갈가이고 그중에서도 핵심이 지원당이다.

당장에 세가의 모든 사람들이 바삐 움직이고 있는 상황. 그들 중에서 가장 바쁜 자들은 당연히 지원당의 사람들이다.

그 상황 하에서도 한 사람 이상의 몫을 하는 제갈소화를 뺀다는 것은 그만큼 지원당주가 이통표국을 신경 쓴다는 반증이 아니겠는가.

이성적으로는 지원당의 일에 딸인 제갈소화를 투입하는 것이 옳았으나, 그의 감이 그리 말하지를 않고 있었다.

"거슬리기보다는…… 자꾸 신경이 쓰이는구나. 제갈가의 일원으로 그래서는 안 되나…… 감이라는 것이 자꾸 거슬리는구나."

"모든 것은 이성 하에서는 우리 제갈가의 정신이나 다름이 없는데도요?"

"허허. 그럼에도 계속 이통표국을 주시할 필요성이 있다 느껴지는구나. 움직여 주겠느냐? 다만, 너무 드러나게는 좋지 않다."

"흐음……."

호기심에 있어서는 참을성이 전혀 없는 그녀가 아닌가. 잠시 고민을 하는 듯하나, 이미 답은 정해져 있었다.

"예! 그래도 시일이 좀 걸리기는 할 거예요. 아버지의 명도 명이지만, 제 개인적인 호기심도 들어가 있으니까요."

"허허…… 진심으로 그렇더냐?"

"예. 의도적인 접근보다는 되도록 자연스럽게 움직일 생각이에요. 이해해 주실 수 있죠?"

"아무렴! 그럼 이통표국은 너에게 맡기마."

상황이 좋지 못함을 알고, 잔뜩 경계심을 올려 움직이고 있는 제갈가.

그들 중에서도 특출 나지는 않아도, 유능하다 할 수 있는 제갈소화가 이통표국을 주시하기 시작했다.

第十一章
예로부터 먹히는 것

'뭐로 돈을 벌어야 하려나.'

성과급 개념을 도입해서 표국을 도왔던 운현이다.

효과는 있었다. 성과에 따라서 차등을 두고, 영약 같은 것을 지급하니 표행에 참여하는 표두, 표사들의 의욕이 배가 됐다.

덕분에 표행의 속도가 빨라지고, 신용도 올라갔다.

눈에 띄는 어마어마한 효과까지는 아니었지만 효과가 있었다는 것에 반박하는 자는 없을 게다.

성과급 도입 외에도 여러 변화가 있었다.

표국 사람들을 적당히 교육하고, 흑점을 통해서 새로 얻은 수련 방법을 통해서 점차 강해지고 있는 사람들.

여기까지는 좋았다. 점진적이기는 하지만 나쁜 변화라고 할 것은 없었다.

기존에 있던 사람들도 금갑괴공 하나만으로도 새로운 이들에 그리 밀리지만은 않는 터. 좋은 상태다.

하지만 문제는 운현 자신이었다. 의방을 이끌어 가고는 있으나, 그것은 어디까지나 전생의 경험에서 오는 것이었다.

평의사였던 그로서는,

'음…… 뭐 경영을 배웠다거나 그러면 좀 달랐을지도 모르겠는데…….'

그럭저럭 의방을 꾸려가고 진료를 해 나갈 수는 있어도 경영에는 아무래도 영 젬병이라고 할 수밖에 없었다.

"으으……."

물론, 고등학생 때의 지식으로도 할 만한 것들도 있기는 했다.

분업이라든가, 작업을 세분화해서 효율성을 높인다던가 하는 방법들 같은 것은 지금도 머릿속에서 맴돌고 있었다.

하지만 뭘 하느냐가 문제였다.

분업도 뭘 생산하고 있어야 분업을 하지 않겠는가.

작업을 세분화하는 것도 이미 하고 있는 작업이 있어야 하지 않겠는가.

'뭘 먹거리로 할지도 모르니 원…….'

전생에서 판타지 소설 같은 것을 보면, 주인공이 이것저것 다 만들어서 해먹지 않던가!

근데 이놈의 중원에서는 딱히 그리 해먹을 것이 없다. 무공을 분업으로 팔아 재낄 수도 없지 않은가.

"어렵군. 어려워…… 흐유. 그래도 시간은 됐으니 일단은 움직여 볼까나."

자신이 책임지게 된 아이. 장지민을 볼 시간이었다. 오늘만큼은 그녀로부터 들을 것도 있었으니, 신경을 좀 더 써야 할 터.

괜히 긴장을 하고는 옷매무새를 고치며, 장지민이 있을 안으로 들어서는 운현이었다.

*　　*　　*

"민아."

침묵도 때로는 미(美)가 될 수 있는 것일까. 가녀린 어린 소녀가 주는 침묵은 때로 묘한 분위기를 만들고는 했다.

"……."

꾸벅.

무언가를 생각하는 것인지, 운현이 조금은 늦은 것에 대한 불만인지 장지민은 작게 고개를 숙이는 것으로 인사를 마쳤다.

전보다는 정이 붙었다고 생각을 하고 있는 운현으로서는, 가끔 이런 장지민의 태도에 어색해하곤 했다.

그 자신도 붙임성이 강한 것은 아니었지만 이 정도는 아니었다.

"에고고. 이 오빠야 이해를 한다지만…… 다른 사람한테는 이러면 안 된다?"

"……예."

그래도 다른 사람한테는 잘할 것이다.

무슨 수를 쓴 것인지는 몰라도 운현의 어머니는 장지민을 꽤나 이뻐하고 있었다. 묘한 매력이 있는 아이다.

장지민의 주변을 그가 가만 바라보고 있자니, 약초 냄새가 쏴하고 풍겨져 왔다.

건초 상태의 약초들이 그녀의 오른편에, 또 다른 왼쪽에는 잘 정리된 약초들이 쌓여 있었다.

그 가운데는 작은 작두가 있는 것으로 보아 오늘도 그녀는 전에 했던 일을 계속하고 있었음이 분명했다.

"휴우. 그나저나 오늘도 하루 종일, 약초만 썬 거야?"

"예."

쌓인 양을 보면, 꽤 오랫동안이나 했을 것이 분명했다. 십

대 초반인 장지민이 하기에는 너무 많은 양이었다.

"쉬엄쉬엄 하라니까. 굳이 이런 거 하지 않아도 되는 걸 알잖아?"

"……."

어린아이의 손을 빌려서야 뭣 하겠는가. 도와주는 것이 고맙기는 하지만, 이렇게 무리를 해서야 좋지 못했다.

'이렇게 같이 있는 게 빚이라고 느끼는 거려나…….'

괜한 생각을 한 것인가. 괜스레 콧잔등이 시큰해지는 운현이었다.

"이런 거 하지 않아도 되니까. 일단은 무엇을 할지를 찾아보는 것도 좋고. 무공도 익혀도 좋다고. 운인 도장님께도 허락을 받았으니까."

괜스레 이런저런 말을 길게 해 보는 운현이다. 자신이 해 줄 수 있는 것들을 해 주고 싶은 그런 마음에서일 게다.

가만히 운현을 바라보던 소녀가 말한다.

"……처럼 하고 싶어요."

"응?"

잘못 들었는가. 그럴 리가. 무언가 할 말이 있다.

"의원님처럼 하고 싶어요."

"……나처럼?"

"네."

자신처럼이라니? 의원님처럼이라고 했으니 의원을 말하는 걸까?

"의원이 되고 싶은 거야?"

도리도리.

그녀가 고개를 훼훼 돌린다. 의원을 말하는 것은 아닌 걸까.

"그렇다면…… 음…… 무림인?"

여자애지만 무림인이 매력적일 수도 있다. 잠시지만 장준원을 구할 수 있었던 것도 무공 덕분이지 않은가.

충분히 원할 수도 있었다.

'못 전할 것도 없겠지.'

비인부전이라 말하는 것이 무공이다.

허나, 거지 소년이었다가 무공을 전수받아 고수가 된 자들의 이야기는 지금도 간간이 들리는 무림의 이야기이지 않은가.

때로는 작은 인연으로도 이어지는 것이 무공이기도 했다.

'게다가 이제는 걸릴 것도 몇 없기는 하지.'

무당에 들렸던 당시 선천생공을 건네 준 운인 도장으로부터 허락을 받은 바도 있었다.

그가 진지하게 말했었다.

"무당의 것이기는 하나…… 자네가 잘못 사용할 것이라고는 생각지 않네. 그러니 사람을 골라 전하는 것도 허락을 하겠네."

약간의 경어는 호기신의라는 별호를 가지게 된 운현에 대한 대우였을 것이다. 또한 사람을 구하는 기인과 같은 운현에 대한 경애도 조금은 섞였을 게다.

아무나 전수하려는 것은 분명 아니다. 그리하면 무당에서도 다시금 금지를 하리라. 하지만 제대로 된 몇 정도는 전수해도 될 것이다.

그것이 인연이 닿은 장지민에게라면 더할 나위 없이 좋을 것이다.

"아니요."

하지만 정지민의 대답은 이번에도 거절이었다. 대체 무얼 바라는 것일까?

"그럼 어떤 걸 말하는 거야? 나 같은 거라는 건."

"……똑같이요. 의술도, 무공도 전부."

이런.

'똑같이라니. 일종의 롤 모델 같은 거라는 건가.'

하기야 그녀에게는 의원으로서의 자신도, 무림인으로서의 자신도 보여줬었다. 둘 모두를 원할 만했다.

하지만.

"어려운 길이야. 이 나도 제대로 된 길을 가고 있다고 할 수는 없는 일이고."

"그래도 할 거예요."

무림인이자 의원으로서 걸어가는 이 길이라는 것.

진실로 어려운 길이다. 그 길을 걷고 있는 운현조차도 때로 제대로 가는 것인지 확신이 들지 않는 미지의 길이기도 했다.

"후우……."

하지만 어린 소녀의 눈빛에는 진심이 담겨 있었다. 앞으로 어찌 변할지는 모르나, 지금 이 순간만큼은 진심이었다.

'뭐든 해 줄 수 있는 건 해 준다 했었지. 그런데 하필이면…… 나랑 같은 길일 줄이야. 휴우.'

절정에도 이르지 못한 자신이다. 명의가 되지도 못한 자신이다. 과연 잘 가르칠 수 있을까?

하지만 이미 약속을 했다. 해 줄 수 있는 것은 해줘야 하는 것이 도리일 것이다. 그것이 장준원과의 무언의 약속이기도 했다.

"일단은 해 보자. 해 보는 데까지는……."

"네!"

이곳에 와서 처음으로 밝게 웃는 장지민이었다.

＊　　　＊　　　＊

자신과 같은 길을 걷기로 한 장지민이다.

하지만 그렇다 해서 그녀가 하던 일이 많이 달라지거나 하지는 않았다. 여전히 함께 의방에서 있으면서 약초를 썰고 할 뿐이다.

다만 듣는 것은 많아졌다.

"지금 다듬는 이 백향귀의 경우에는 열을 잡는 데 약효가 좋아."

"네."

대답은 여전히 짧지만, 눈이 반짝인다. 확실히 의욕이 있다.

'사람을 대하는 방식은 차차 나아지겠지.'

제대로 가르치기 위해서라도 우선은 설명을 더 해 주는 것이 좋았다.

"향이 좀 독특하지? 그래서 백향귀라고 불리는 거야. 가끔 환자들 중에서는 이 독특한 향 때문에 약으로 줘도 거부감을 느끼는 경우가 꽤 돼."

"으음……."

기억하려고 저러는 게다. 한 번에 모두를 깨닫는 천재는 아니어도, 금방 익히는 편이었다.
 써걱.
 써걱.
 운현이 말한 것을 장지민이 기억을 하는 동안, 의방 안에서는 오직 약초 써는 소리만이 들리고 있었다.
 의방은 한가했다.
 "적막하기는 하구나."
 몇 달 동안 의방을 비워놓다시피 하던 운현이지 않은가. 공물행에 황녀의 부탁까지 있었으니 무리도 아니다.
 의방에 다른 의원이 있는 것도 아니니 의방 또한 몇 달 간 닫혀 있었다.
 때문에 약초부터 시작을 하여 준비할 거리가 많았으니 한가한 것이다. 다시금 의방이 열리게 되면 겨우 얻은 여유시간도 사라질 거다.
 '그때까지 최대한 가르칠 건 가르쳐 놓아야겠지.'
 의방이 돌아가기 시작하면 장인 한춘석을 찾아가, 여러모로 필요한 것들도 보충을 해야 할 것이다.
 거기다 새로 구상한 것도 있으니, 모르긴 몰라도 한춘석도 꽤 바빠질 게 분명했다.
 '그 전에 처리를 해 낼 게 있기는 하지.'
 그 이전까지 해 둬야 할 것은 역시, 돈이다. 돈을 벌 수단을 생각해 내기로 하였으니, 어서 구상을 해내야 옳았다.

활동비를 위해서라도 돈은 필요했다. 다만 그 수단이 생각이 나지가 않는 것이 문제이니, 문제다.

"흐음……."

구상을 해 본다. 대체 뭐가 좋을지를.

보약을 지어서 팔아야 할까? 진료비를 올리기는 좀 그러하고. 움직이자니 다 돈이 필요하겠구나.

머리에서 여러 생각이 스쳐 지나간다.

고민 때문에 그 표정이 심각해 보여서일까? 잘 끼어드는 법이 없는 운민이 물어본다.

"고민 있어요?"

"아아…… 티가 났구나?"

"예."

역시 이 아이는 빼는 법이 없다.

"미안하구나. 하하."

"있군요."

그래. 있다. 없을 리가 있겠는가. 이놈의 돈이란 것은 전생에서나 현생에서나 발목을 잡곤 한다.

"그렇지. 어른들이 자주 하는 고민이지. 후후."

"음……."

용케 돈 문제라는 것을 눈치챈 것일까? 같이 고민을 해

주려는 것인지 덩달아 운민도 진지한 표정을 짓는다.

장지민의 그 표정이 귀여워 머리를 쓰다듬어 보는 운현이었다. 아이도 거부감을 느끼는 것은 아닌지 손을 치우거나 하지는 않았다.

그러고는 물어보는 것이 꽤나 재미있었다.

"여자가 있어요?"

"응?"

이게 뭔 소리인가. 여자라니.

부끄러워한다고 여기는 것일까. 재차 되묻는다.

"여자요. 여자."

"아니…… 이건 여자 문제가 아닌데?"

"……마을에서는 여자로 고민이 많았어요."

"에?"

그 사람들이 여자로 고민이라니. 원래 있던 곳을 떠나서 만들었던 마을이 아닌가.

'아…… 설마…….'

하기야 원래 있던 곳에 부인이 있을 수도 있다. 남편이 있었을 수도 있고. 그게 아니라면…….

"아저씨들끼리 밤에 몰래 하는 말을 들었었어요. 많이 힘들다고요."

"……그러니?"

무슨 이상한 소리라도 한 것인가? 그래서는 안 되었다. 상황이 이러니 더 들어봐야 할 참이다.

"네. 뭔지 자세히 물어보면 그냥 여자 문제라고만 했어요."

"아아."

"크면 안다고 자세히는 알지 말라고 했어요."

다행히…… 이상한 짓을 한다거나 했던 사람은 없는 듯했다.

"우연히 들은 거구나?"

"네."

다행히도. 장지민이 어리니, 가르쳐 주거나 하지는 않은 것이다. 그들도 일부러 이야기 한 것이 아니라 우연히 장지민의 귀에 들어가게 된 듯했다.

"흐음……."

그나저나 그들도 그런 생각을 하다니.

하기야 병에 걸린다고 해서 욕구가 사라지는 것은 아니다. 그들도 희노애락을 느끼는 같은 사람이다.

'현대에서도 그런 부분들이 민감한 문제기는 했지. 아주 민감했어.'

단지 아프다고 해서 모든 일에 욕구가 사라지는 것은 아닌 것이다. 그들도 슬퍼하고, 기뻐하며, 행복해 한다.

같은 사람이며, 아프다 해서 그들을 경시해서는 안 되었다. 그게 의사로서 가졌던 그의 정신이라면 정신이다.

'이런데서 돈 벌이가 생각이 나긴 하다니. 내 참.'

조금 씁쓸하기는 하지만, 방법을 찾은 듯했다.

* * *

돈벌이란 것도 결국에는 원초적인 것에 있었다.

원초적인 것은 결국에는 욕구. 그것도 어쩔 수 없이 할 수밖에 없는 욕구에 답이 있었다. 식욕, 수면욕, 성욕.

흔히 일컬어지는 욕구들이지 않은가.

'식욕은 나도 어쩔 수 없는 부분이지.'

의원으로서 식욕을 챙겨줄 수는 없다. 먹는 장사가 남는 장사라는 말도 있기는 하지만 운현으로서 그건 무리였다.

물론 현대의 조리법이라든가, 그가 먹었던 음식을 만들면 남는 장사가 될 수는 있다.

하지만 역시 평생을 의원으로, 전생에는 의사로서 살아서인지 선뜻 손이 가지가 않는다. 이제 와서 안 하던 걸 해서 잘한다는 보장은 없었다.

'수면욕은…… 의사로서 채워줄 수는 있기는 한데.'

수면제를 만들면 되기는 할 거다. 이 시대에도 불면증에

시달리는 자는 분명 있을 테니 수요는 있긴 있을 거다.

다만 그 수요가 많지는 않을 거다.

수면에 대한 중요성도 현대에 와서야 본격적으로 연구를 하기 시작했으니 당연한 이야기다. 이것도 돈은 안 된다.

마지막 하나가 남는다.

"결국 남은 것은 성욕이로군."

성욕.

가장 원초적일 수도 있는 본능이다.

때로는 제대로 지키지도 않아, 문제를 일으키기도 하는 것이 성욕이다. 그러면서도 동시에 남성들에게 많은 고민을 안겨주는 것이기도 했다.

굳이 음약이라던가 현대에서도 불법적인 것을 할 필요는 없었다. 그런 건 원리는 알지만 만들 재주는 없었다.

또한 현대가 아닌 중원에서도 여전히 음약 같은 것은 불법이다.

"그래도 합법적인 게 있기는 하지."

성욕과 떨어질 수 없는 것. 나이가 들면 들수록 떨어지는 것. 몸이 고통스럽거나 한 것은 아니지만 때로 정신을 고통스럽게 하는 것.

바로 정력!

거기에 답이 있었다. 정력이라고 하는 것은 모든 남자들의 고민이며 떼려야 뗄 수 없는 것이지 않던가.

 효능만 제대로 발휘를 한다면, 수요를 따로 찾을 필요도 없다. 게다가 도덕적으로도 문제가 될 것도 없었다.

 정력을 좋게 한다고 하는 데 누가 뭐라고 하겠는가!

 고래로부터 현대에 이르기까지 끊임없이 이어졌던 연구가 바로 정력제에 대한 연구다!

 "정력제를 만들어야겠군. 그리고 가능하면 치료약도."

 방향이 정해졌다.

第十二章
본격…… 만들기

　대부분의 사람들은 착각을 하고는 한다. x아그라가 정력제라고.
　'하지만 정확히 말하면 x아그라는 정력제가 아니라 치료제지.'
　정력제와 치료제는 다르다.
　정력제는 말 그대로 정력을 보하여 주는 약이다. 한의학으로 치면 부족한 것을 보하여 주는 것이니 일종의 보약을 만든다면 만드는 셈이다.
　치료제는 문제가 있는 것을 치료하는 개념이다. x아그라란 것도 정력제와 결과가 비슷하기는 하지만 약이다.

정력이 약간 모자란 정도가 아니라, 아예 그 기능을 제대로 하지 못하는 사람들을 돕기 위한 치료제인 것이다.

의사였던 그로서는 정력제와 치료제를 나눠서 생각할 수밖에 없었다.

"으음…… 그리고 이왕이면 당장에 치료제보다는 정력제를 만드는 게 좋겠지. 그게 더 쉽기도 하고."

약을 만드는 것도 분명 좋은 일이다. 치료제를 만들면 많은 고통 받는 자들을 구할 수(?) 있다.

하지만 그건 어디까지나 나중이다.

일단은 빠른 시간 안에 자금을 얻어야, 계획했던 이것저것들을 할 수가 있다. 그러니 당장 만들 수 있을 만한 것인 정력제를 만드는 것이 나았다.

'그게 시간 절약도 확실하지.'

그에 관한 지식은 의사인 그로서 또한 남자로서 결코 부족함이 없는 상태였다. 또한 무인으로서도 꽤 지식이 있다.

'무인 중에서 정력이 부족하다는 사람은 거의 없지. 병이거나 아주 노쇠하지는 않는 이상 말이지.'

무인은 육체를 단련하기도 한다. 하지만 일정 수준을 넘어가면 내공을 닦음으로써 정을 단련하는 편이다.

근육을 우락부락하게 키우는 것도 아님에도 대부분의 무

인들은 정력에 문제가 없다시피 하다.

무인들치고 고개 숙인 남자라는 말을 듣는 경우는 드물다는 소리다.

그러니 단순한 공식이 생긴다. 아니 전에부터 있던 공식이기도 했다.

'내력이 사람을 강건하게 해 준다. 그리고 그 강건함에는……'

정력의 강건함 또한 포함된다.

고로 내력이 몸에 내력이 들어가게 되고, 조금만 도와주게 된다면 부족했던 정력도 조금은(?) 돋워줄 수도 있다.

"흐음…… 잔인한 재료들은 일단 피해 볼까나."

바다표범과 순록.

그중에서도 한방 의약에서는 해구신이라고 불리는 것과 순록의 뿔은 예로부터 현대에 이르기까지 전해졌던 정력제다.

'때로는 치료약으로도 쓰이기도 했고.'

운현이 직접 사용한 적은 없었지만, 그 능력은 분명 뛰어날 거라는 예상은 할 수 있었다. 아주 오랜 기간 그쪽 방면으로 사용된다는 어느 정도 효력이 있다는 것이니까.

다만 현대에서는 x아그라가 생기면서, 해구신의 시장가가 떨어지는 웃지 못할 촌극도 벌어지기는 했다.

일단 당장은 치료제를 만들 것은 아니니 그것은 넘어가기로 하고.

중요한 것은 바다표범이나 순록을 사용해서 정력제를 만들 생각은 없다는 거다. 그리고 그 둘로 만들게 되면.

"돈도 문제지. 비싸."

워낙에 유명한 재료인지라, 가격이 보통이 아니다.

구하자면 구하지 못할 것도 없지만, 돈도 문제고 마음으로서도 꺼려지니 이 둘은 자연스럽게 넘어간 운현이다.

대신에 그는 그가 알던 원리를 이용하기로 했다.

"결국 원기 보충이라던가. 정력을 돋우고 하는 것도 혈액순환과 고단백질에 있는 거니까. 그게 기본적인 원리지."

여기까지가 의사로서 그가 가졌던 원리다. 단백질이라는 개념도 없는 중원이니 이것만으로도 나쁜 원리는 아니다.

원리를 잘 알아야, 잘 만들 수 있는 법이니까.

여기에 중원에서부터 본래 가지고 있던 원리를 더한다.

"양기 보충."

한의학적으로 보면 남자는 양이다. 양기가 부족할 경우에는 자연스레 정력이 낮아지기도 한다.

그러니 양기를 보충하여 주면 몸의 허함이 사라지고 원기를 북돋아주면서, 정력도 자연스레 좋아질 수 있다!

아주 기본 중에 기본인 원리고, 쉬운 원리들이다. 더한 원리들도 알고는 있지만 당장 쓸 수 있는 것부터 쓰는 것이 옳았다.

'어쨌거나 기본에 모든 게 있기는 하지. 이 둘만 잘 사용해도 좋으니까. 이미 만든 걸 조금만 개조하면 되겠는데?'

게다가 그에게는 이미 만들어 놓은(?) 것이 있었다.

* * *

그는 바로 약을 만드는 것에 착수했다.

우선은 본래부터 있던 것에 더할 재료를 선정했다. 이왕 만들 거 제대로 만들어야 한다는 생각에 꽤 본격적으로 움직이는 그였다.

"페루 인삼이라는 마카 같은 게 있으면 좋겠는데. 역시 무리겠지."

그렇다고 인삼은 또 비싸다. 그리고 인삼으로 만든 값비싼 정력제야 천지에 깔렸다. 몇 명한테 값비싸게 판다고 해서 큰돈을 벌기는 힘들다.

'이럴 때는 박리다매가 좋은 거지.'

그렇다고 아르기닌 같은 화학 성분을 만들어 내는 것도 무리다. 아무리 한춘석이 장인으로서 도와준다지만 그런 시설은 없다. 만들 줄도 모르고.

"의외로 싸면서 효과가 좋은 것이 중원에도 있기는 하지."

바로 오징어.

'전복보다 조금 부족하기는 해도, 가성비로는 오징어가 최고기는 했지.'

의외로 오징어라는 것은 가격대비 그 효능이 정력에도 대단한 음식이다. 좋은 성분이 꽤나 있어서 혈액 순환이나 피로 회복을 도와주기도 한다.

혈액 순환을 잘만 돕는 것으로도 정력에는 도움이 되니, 정력제에 쓰일 만한 재료라면 재료다. 그 성분 중 타우린이란 것이 꽤 도움이 된다.

문제는 아쉽게도 이곳이 어촌은 아니라는 거다. 물류가 발달한 것도 아니니 오징어를 구할 수는 없었다.

"흐음…… 그 대신으로라도 써야겠구만."

소 쓸개즙.

애당초 타우린이라는 이름의 어원 자체가 소 쓸개즙으로부터 나왔다. 소를 잡는 일이 귀하기는 하지만 아주 없는 것도 아닌 터.

쓸개의 경우에는 그 효능을 몰라 버리는 경우도 자주 있으니 재료로 쓸 만했다.

이것을 잘만 다리고 여러 절차를 거쳐서 가루를 내어 갈면, 약재료로 충분히 쓸 수 있을 거다.

'이런 식으로 기본적인 재료들을 더하다 보면, 꽤 도움이 되겠지.'

고단백질의 재료들이야 찾자면 못 찾을 것도 없다. 가까이에는 콩이 있고, 조금 가격만 올리면 꿀도 있다.

꿀이란 것이야 환약을 만드는 데 자주 쓰이는 것이니, 본래부터 들어가야 할 재료가 아닌가. 정력제에 궁합이 좋았다.

이 둘만으로도 기본적으로 정력제의 요건을 갖췄다고 할 수 있었다.

여기까지가 그의 기본지식을 활용한 선택이었다.

"다음은 한의학. 아니 기학(氣學)이라고 해야 하려나."

오행에서도 화(火)의 성질이 있다.

이 화의 성질은 달리 말하면 불의 성질이지 않은가. 불이라고 하면 떠오르는 것이 있듯, 화의 성질은 때로 기를 북돋아 준다.

특히 양기를 북돋아 준다.

운현은 거기에서 답을 찾았다. 아니 본래부터 있던 것을 사용하기로 했다. 오행하면 생각나는 것이 있지 않은가?

"오행환."

오행환. 그가 내력을 좀 더 빨리 모으기 위해서 만든 저가

형 영약이다.

 해를 달리해 가면서 더욱 발전해 나갔으며, 현재로서는 표국에서도 쓰일 정도로 대단한 약이 오행환이다.

 수화목토금.

 다섯 가지의 오행을 이용하여 서로를 화하게 하고 쇠하게 하여 균형을 맞추어 가면서 내력을 상승시켜주는 약.

 그 중에서도 화행환이 화의 기운을 가장 많이 가졌다.

 '어쩐지 표사들이 오행환 중에서도 화행환을 그리 찾더니만…… 이유가 있었구만.'

 이름은 별로지만 많이 찾는 데는 다 이유가 있었던 것이다.

 무공을 익혀 정력이 부족함이 거의 없을(?) 표사들도 화행환을 찾더니만, 다 이유가 있었던 것이다.

 알게 모르게 정력제로 소문이 나 있을지도 모를 일이다. 아니 분명 났을 거다. 그러니 화행환을 가장 많이 찾았겠지.

 "뭐…… 연구를 길게 할 필요도 없겠구만."

 화행환의 성분에, 이번을 기회로 찾았던 재료들을 더하여 조화를 시키면 될 듯했다. 아주 간단하지 않은가.

 그리 한다면 기존의 화행환보다도 좋은 정력제(?)가 나올 것이다.

 "슬슬 만들어 볼까나."

오랜만에 새로운 것을 만들기 위해 분주히 움직이는 운현이었다.

* * *

재료를 배합하고 오행환에 어우러지게 만들기.

말로는 쉬웠지만, 그 과정에서 힘을 꽤 쏟은 운현이었다. 재료의 효능을 그대로 살리면서 서로 조화되게 하는 것이 쉬운 일은 아니었다.

그래도 덕분에 얻은 바는 있었다.

"화기를 자주 가까이해서 그런 걸까."

아니면 기감이 상승해서 그런 것일까. 화행단을 강화하기 위해서 노력을 하다 보니, 조금씩은 화기를 느끼게 된 운현이었다.

'그동안에 오행단을 만들던 경험도 더해져서 그런 거긴 하겠지만, 운이 좋긴 하군.'

화기를 느끼면, 그 다음은 다른 오행도 느낄 수 있지 않겠는가. 뭐든 처음이 어려운 법이지 그 다음은 좀 더 쉬워지는 법이다.

그런 식으로 기감을 확장시키고, 좀 더 세밀하게 다룰 수 있게 되면 기 연구에도 도움이 될 것이 분명했다.

그리하면 경지도 오르고, 좀 더 많은 이들, 다양한 병을 치료하는 것이 가능할 날이 올 것이다.
"우선은 돈부터 벌어야 하지만 말이지. 이거면 되긴 하겠지."
미리 만들어 놓은 화행환, 아니 이름을 바꿔 승정환(昇精丸)이라 이름 붙인 정력제를 담은 상자를 챙기는 운현이다.
공물을 올릴 때처럼 고급스러운 상자는 아니지만, 내용물이 알차지(?) 않은가.
운현은 당당한 걸음걸이로 한참 일을 수행하고 있을 아버지를 향해 갔다. 좋은 것은 역시 가족과 나누는 것이 좋은 법이다.

"도련님! 오늘은 의방에 안 계십니까요?"
"하하. 아버지한테 드릴 게 있어서요. 안에 계시죠?"
"예. 계십니다. 안내해드릴까요?"
"괜찮습니다. 집인데 안내까지 필요하겠습니까."
"그것도 그렇겠네요. 하하. 그럼 소인은 먼저 들어가 보겠습니다요."
의방을 나서 본 표국은 평소보다도 활발했다.
운현이 낮에는 보통 의방에 있다가 밤에만 집을 찾아서 그런 것일 수도 있었다.

자신을 알아보거나, 혹은 호기심을 느껴서 오는 자들을 적당히 상대해가며 표국의 핵심부인 국주실이자 아버지의 집무실로 가는 운현이다.

'새삼 느끼는 거지만 크긴 크군. 서울이었다면 가격이 어마어마했겠지.'

거대 표국을 만들고 가문을 만들겠다는 아버지의 의지가 발현돼서 일까.

표국은 머무르는 사람들의 수에 비해서 꽤 큰 감이 없지 않아 있었다. 또한 언젠가 채워질 곳이기도 했다.

집무실의 앞으로 도착한 운현.

"수련의 강도를 높여도 되겠는가?"

"물론입니다. 다들 원하고 있기도 합니다."

안으로 들어가려고 보니, 벽 사이를 둔 안에서 작은 목소리들이 들려온다. 목소리로 보아하니 고 표두와 아버지다.

'흑점에서 사온 수련법들을 적용한다고 하시더니. 슬슬 본격적으로 하시는 건가?'

평소 부지런하기로 소문난 아버지가 아니던가.

운현 자신이 목표한 바를 이루기 위해서 움직이듯, 운현의 아버지 또한 자신의 목적에 따라 열심히였다.

"흠흠. 아버지. 들어가도 되겠습니까?"

평소라면 그냥 들어서도 되겠지만, 어쨌든 고 표두가 있다. 한 명은 가족이며, 한 명은 가족만큼 친밀한 사이지만 그래도 예를 지켜 들어가는 운현이었다.

"들어오거라."

"예."

안으로 들어서니 반갑다는 표정으로 자신을 바라보는 고 표두와 조금은 피로해 보이는 아버지가 보였다.

운현이 얼핏 보아하니, 아버지의 손에 새로 만들어진 듯한 상처가 보였다.

국주로서 표국의 일은 일대로, 한 명의 무인으로서 수련은 수련대로 열심히 하고 있는 듯했다.

그러니 저런 상처가 난 것이겠고.

운현이 손에 난 상처를 유심히 보자 민망해진 것인지 괜히 헛기침을 날리며 먼저 묻는 아버지였다.

"커흠. 그래. 무슨 일이더냐? 평소라면 의방에 있을 시간이지 않더냐?"

"그렇기는 하지요. 그래도 오늘은 아버지께 드릴 것이 있어 일찍 찾아뵈었습니다."

"줄 것이?"

"예. 드릴 것이 있지요. 하하."

은근하면서도 약간은 묘한 눈빛으로 운현을 바라보는 이

후원이다.

현재는 호기신의라고도 불리며 명성을 올린 운현이지만, 그 사이에 둘째 형을 상대로 오죽 사고를 쳤지 않은가.

배탈을 나게 하고, 변을 보게 하고 하는 것도 의료 사고라면 사고였다.

그런 사고를 자주 보아서인지, 운현이 목함을 들고 찾아오곤 하면 아직도 묘한 눈빛으로 보게 되는 이후원이었다.

일종의 반사작용이다.

그나마 은근한 눈빛을 보내는 것은 근래에 아들인 운현의 명성이 높아진 덕분일 것이다. 그도 아니었다면 묘한 눈빛만 보냈을 게 분명하다.

"크음…… 그래. 부작용은 없고?"

"장담하건대 없을 겁니다!"

운현이 가져 온 것이 무엇이던가. 정력제다. 정력제.

남자들이라면 밥을 먹다가도, 찾을 물건이 아니던가. 어떤 짓을 해서라도 구하는 것이기도 하고!

그런 정력제를 들고 있으니 운현의 표정이 그 어느 때보다 자신만만한 것도 당연했다.

"장담을 하니 오히려 더 무섭구나!"

"에이. 설마요. 제가 가져 온 것이 무서울 리가 있겠습니까?"

"네 죄는 네가 알겠다 싶구나. 허허. 유명하지 않았더냐?"

"그거야 옛날일이죠. 하하."

딸칵.

너스레를 떨면서 가져온 목함을 열어보는 운현이었다. 하나, 하나 종이로 싸놓은 환약들의 알싸한 냄새가 집무실을 가득 채운다.

꿀을 넣어서인지 그 냄새는 그리 나쁘지만은 않았다.

"영약인가요? 새로운 거군요."

"그래. 이번에는 무엇이더냐? 몇 시진 연공의 효과가 있는 것이고?"

역시 다들 정력제라고는 생각지 못하는 듯했다.

하기야 운현의 전문 분야(?)는 내공을 드높여 주는 영약이지 정력제는 아니었다.

'이제부터는 그게 바뀌게 되겠지.'

숨길 것도 없는지라 운현은 그들의 생각을 바로 정정해 주었다.

"하하. 이게 남자들이 그리 좋아한다는……."

"한다는?"

일부러 들이는 뜸에 고 표두가 넘어간다. 남자들이 좋아한다고 하니 궁금증이 커진 듯했다.

"정력제입니다!"

역시 반응은 운현이 미리 예상한 대로였다.

"뭐, 뭣?"

"뭐시오? 정력제요?"

처음에는 깜짝 놀라고, 그 다음에는······.

"커흠······."

"그, 뭐냐. 효과는 확실한 겁니까요? 하기야······ 화행단이······ 아차차······."

고 표두의 말실수와 함께, 두 남자의 눈빛이 은근해진다. 아니 목함에 담긴 약들을 바라보는 눈빛이 숫제 노골적이기까지 했다.

역시 남자들이란 아무리 절정 고수라고 하더라도, 정력제 앞에서는 어쩔 수 없는 것이다.

절정인 그들이 정력이 모자랄 리는 없다. 아마도 절정을 넘어 절륜함을 가지고 싶은 것이겠지!

"역시나. 오행을 맞춰서 먹어야 되는 오행단 중에서도 왜 화행단만 찾는가 하긴 했지요."

"하하. 뭐, 그 다 아시잖습니까? 남자란 게 그러기도 하고······ 표사라고 해서 다 고수도 아니고요."

"이해합니다. 같은 남자 아닙니까?"

"허허. 원 녀석, 못 하는 이야기가 없구나."

"다 그런 거지요. 흐흐."

정(精)이란, 부족하지 않아도 채우고 싶은 것이다. 힘(力)이란 가져도 가져도 끝없이 갖고 싶은 것이고!
 그러니 무공을 익힌 자들이라 하더라도 정력제를 찾는 것은 당연했다.
 정체를 알았으니, 남은 것은 재차 확인이었다. 돌다리도 두드려보고 건너듯 물어보는 국주였다.
 "그래. 호기신의라 불리는 너이니 부작용은 없는 것이지?"
 "음…… 전혀 없지는 않을 겁니다."
 "부작용이 있더냐?"
 "너무 장복만 하면 화기가 좀 강해지기는 합니다. 다들 화공을 익히고 산 것도 아니니 적당히 먹어야 합니다. 적당히."
 "허허. 적당히라……."
 약을 적당히 먹는 것. 정해진 약만큼 정량만 먹는 것. 그게 부작용일 리가 있겠는가.
 '보통은 그러지 않긴 하지.'
 하지만…… 정력제라면 이야기가 달랐다. 사람에 따라 과할 만큼 찾는 자들이 있을 것이 분명했다.
 "꽤 중요한 부작용이로구나. 허허."
 "예. 그러니 아버지도 너무 드시면 안 됩니다. 아시겠죠?"
 "허허……."

대답은 하지 않은 채로 목함의 뚜껑을 닫아 자신의 책상 위에 올리는 아버지였다.

"하루에 한 알입니다. 그 이상은 화기가 너무 강해서 부작용이 생길지도……."

"알겠다. 알겠어. 감사히 쓰마. 이거 원. 아들한테 이런 것을 받으니 민망하기는 하구나."

그래도 거절을 않는 것을 보면 역시 아버지 이후원도 남자였다.

* * *

적당히 근래에 관한 이야기가 오고 간다. 세상 돌아가는 상황, 표국의 일, 의방의 일까지. 여러 이야기가 오고갔다.

끝이 있으면 시작도 있는 법.

"저녁에 올 것이더냐?"

"예. 의방도 슬슬 열어야 하니 가보기는 해야죠."

"열심히 하거라. 필요한 것은 없고?"

"아무렴요. 이미 많이 준비해 주셔서 더 필요한 것은 없습니다. 그럼 먼저 가보겠습니다."

각자가 바빠 해야 할 일이 있는 터라, 세 남자의 이야기는 반 시진쯤 지나 끝이 났다.

"들어가거라. 고 표두도 수고하게."

"예. 국주님."

덜컹.

고 표두는 이통표국의 핵심인물이다. 국주 다음으로 바쁘다고 할 수 있는 이가 바로 고 표두이지 않은가.

그는 해야 할 일이 있어 바삐 움직여야만 함에도, 운현의 뒤를 따라왔다.

'역시나…… 라니까. 흐흐.'

고 표두의 행동에 관한 예상은 거의 빗나갈 일이 없었다.

"저는 없습니까요?"

"하하. 고 표두님도 필요하신 겁니까?"

"어허이. 놀리시는 겁니까, 도련님? 흐음…….."

고 표두가 운현을 가만히 바라본다. 그가 저런 표정을 지을 때면, 항상 결과는 같았다.

'수련의 강도가 강해지겠지. 그런 식으로…….'

운현에게 보복(?), 아니 괴롭히고는 했던 고 표두였으니 확실하다. 이대로라면 수련의 강도가 강해질 것이 분명했다.

하지만 지금 갑은 운현이었다. 가장 강한 무기를 가지고 있지 않은가.

'여기서 물러나 봐야 좋을 것도 없지.'

실로 극히 오랜만에 유리한 고지를 잡았으니 지금은 강하게 나가야 할 때였다.

"아아…… 이것이 아주 좋기는 한데. 또 이런 게 엄청 귀하기도 하잖습니까?"

"국주님한테는 한 움큼 안겨 주셨지 않습니까? 아니 상자째였지요. 그거 조금만 나눠주셔도……."

아쉽다는 눈빛이다.

평상시에 당한 것도 있지 않은가. 여기서 놀리는 것을 멈추기에는 너무 아까웠다.

"아버지이지 않습니까? 표국의 기둥이시기도 하고요! 하하."

"흐으음…… 자꾸 이러시면 곤란합니다요, 도련님."

"곤란하기는요. 자꾸 이러시면 오히려 제가 다 곤란하지요."

"크으…… 원하시는 게 뭡니까?"

걸려들었다!

아쉬운 쪽에서 먼저 이야기를 꺼내게 만들었으니, 이 보다 더 좋은 상황이 어디 있겠는가.

"수련을 좀 줄이지요. 의방도 슬슬 열어야 하고……."

"아니, 이미 꽤나 줄여드리지 않았습니까? 새벽에 한 시진, 저녁에 두 시진이 뭐가 어렵습니까요?"

말도 안 된다는 소리다. 하지만 해야 할 일이 있는 운현으로서는 이 부분의 이야기도 중요했다.

"평생 줄여달라는 게 아닙니다. 몇 달 정도면 됩니다. 몇 달 정도면."

"그렇게까지 말씀하시는 것을 보면, 무언가 하시려는 게 있으시군요?"

"역시 고 표두님이 눈치가 빠르시군요. 예. 일을 좀 크게 벌여보려고 합니다."

"흐으음…… 일이라……."

무공을 최우선 순위로 두는 고 표두다. 평소라면 이런 타협의 자리는 있지도 않았을 거다.

하지만 오늘은 무려 정력제도 걸려 있지 않은가!

게다가 운현의 눈빛이 꽤 진지하기도 했다. 수련을 빠지고 싶어서만이 아니라, 무언가 할 일이 있어 보이긴 했다.

"……알겠습니다. 대신에 제 것은 확실한 걸로 챙겨주시는 겁니다?"

"아무렴요!"

그가 넘어갔다.

第十三章
호황을 맞다

대번에 난리가 났다.

시작은 표국에서부터였다. 운현의 보금자리이자, 그가 나고 자란 곳!

호기신의가 괜히 호기신의인가. 어린 나이지만 기인으로 대우를 받는 운현이다. 역병을 치료해 내었으니 당연한 일이다.

그런 호기신의가 약을 만들었다. 그것도 남자들이라면 사족을 못 쓰는 정력제다.

놈팡이 의원이 만들어도 수요가 있을 약인데, 호기신의가 만들었다니 그 누가 약의 효능에 의심을 하랴.

호기신의인 운현이 만들었다는 것에 믿음이 더욱 가는 것인지, 위약 효과까지 더해지는 듯했다.

게다가 효능을 실제 증명해 주는 사람들이 있었다.

국주, 고 표두. 그 다음으로는 표사들이 증명을 해 주었다. 국주인 이후원이야 체면이 있어 침묵을 지켰다지만 어디 표사들이 그러할까.

"하하. 요즘 아침이 아주 살판이 난다고."

"호오. 전에 챙겨간 것을 쓴 게로구만?"

그들은 아주 신바람이 났다.

"그렇지! 흐흐. 요즘은 성과급으로 나오는 게 오행환보다도, 정승환 하나면 더 좋다고."

"나도 그랬으면 좋겠긴 한데…… 모자라다고 하더구만."

"하기야…… 효과를 보면 안 찾고는 못 배기지. 약이 없을 만도 하지."

그들은 노골적으로 좋아했다. 아니 좋아할 수밖에 없었다. 가정의 행복을 찾아주니 나쁠 것이 무에 있으랴.

게다가 표사들의 경우에는 성과급으로 주어진다. 일종의 표국 고용 혜택인 셈!

돈 주고 사도 아깝지 않을 것을, 일만 열심히 하면 주니 신바람이 나지 않을 수가 없는 그들이었다.

힘이 좋다는 것을 숨길 이유가 어디 있겠는가. 때로 정력이 좋다는 것은 남자간의 서열에서 우위를 차지할 수도 있다는 것.

숨길 이유가 없다!

그 효과가 소문이 자연스럽게 소문이 나는 것도 당연했다.

대박의 기초를 표국의 사람들이 닦아주니, 그들이 운현의 의방을 찾아오는 것도 자연스러운 수순이다.

"무슨 일로 오셨습니까? 아프신 분은 우선 의원님이 있으실 오른편으로 가시고……."

운현은 지금을 대비하여, 표국의 사람들 중에 몇을 의방에 데려왔다.

"약. 정승환을 사려고 왔습니다. 내 돈은 얼마든지 낼 터이니……."

"그러시군요. 한 사람당 다섯 알이 제한입니다."

"아니 대체 왜?!"

의학에 대한 지식은 없는 자들이지만, 교육을 받고 약을 내주는 것은 가능하게 교육을 해 두었다.

부작용이 없게 제한을 걸고 파는 것이니 교육이 쉬운 것이 다행이었다. 한 가지 약만 파는 것이니 문제는 없었다.

"약의 성분이 강합니다. 한 번에 많이 팔게 되면 분명 다량으로 드시는 분이 계실 겁니다."

"아니, 내가 그러겠는가? 그러니 그러지 말고……."

"죄송합니다. 의원님께서 이미 그리 말하셨습니다."

"허허이…… 이거 원."

미리 교육을 하지 않았다면 지금처럼 실랑이를 벌이는 자들을 상대하기 힘들었을 것이다.

게다가 물건은 오직 운현의 의방에서만 팔린다. 보통은 손님이 갑이지만, 이런 경우에는 의방 사람들이 갑이라 할 수 있으리라.

미리 교육받은 대로 말하는 표국 사람이었다. 교육의 효과가 아주 확실했다.

"원하시지 않으시면 다른 분에게……."

"어허이! 이거 그러면 되겠는가. 알겠네. 알겠어. 원 융통성 하고는……."

급히 손을 잡아채고는 돈을 쥐어 주는 손님이었다.

평소 생활이 꽤나 여유로운 듯, 고급스러운 옷감으로 옷을 해 입고는 노골적으로 약을 찾는 모습이 아주 볼만했다.

하지만 이런 사람이 워낙에 많았다.

처음에는 이런 손님들에 속으로 웃던 의방 사람들도 이제는 그런가 보다 할 뿐이었다. 적응을 한 것이다.

약을 구한 자들은, 은밀히 알 만한 사람들에게 자랑을 하기도 했다.

약을 구해서까지 먹는다는 것이 좋지 못하게 보일 수도 있었지만, 약이 워낙 귀한 상황이지 않은가.

의방에서 꾸준히 약을 만들어서 팔지만 수요에 비해서 공급이 부족했다.

그러니 자연스럽게 주변 사람들에게 자랑을 하기도 하는 것이다. 원래 남자란 사람들은 가끔 그러기도 하잖은가.

친우의 손 위에 올려진 승정환의 모습에 감탄을 하는 현의 사람이었다. 자랑을 하는 이는 아까의 그 손님이었다.

고급스러운 옷은 여전한 채였다.

"오오. 이것이 그……."

"승정환이지. 승정환. 정승이던 양반도 밤만 되면 짐승으로 돌변한다고 하는 승정환이라던가?"

"호오. 그런 뜻이!"

실제로는 정력이 상승한다는 노골적인 이름이다. 워낙에 작명 감각이 없는 운현이기에 지을 만한 이름이기도 했다.

그런 이름이 저런 식으로 해석될 줄이야. 역시 세상사는 꿈보다 해몽인 경우가 많았다.

"이거 하나면 삼 일은 거뜬하다고도 하더구먼? 허허."

"그래? 안 그래도 의방을 찾아갔는데 오늘 치는 다 떨어졌다고, 내일 오라고 하더구먼."

"아쉽겠구먼. 그럼 나는 이만……."

덥썩.

순식간이었다. 몸에 좋다고 소문난 약 앞에서는 친우의 손에 쥐어져 있던 약을 채가는 것도 가능했다.

운현이 약 가격을 비싸게만 책정하지는 않았으니 약 하나에 그리 크게 화를 내지 않을 거라는 생각도 있었으리라.

하지만.

"무, 무슨 짓을 하는 겐가! 내가 이것을 사려고 아침부터 줄을 선 것을 자넨도 봤을 거 아닌가."

"허허. 좋은 게 좋은 거 아니겠는가. 친구 좋은 게 뭔가?"

"말도 안 되는! 이 나도 아직 먹어 보지 못한 것을…… 허어……."

작은 실랑이들에 소문들이 퍼져 나가는 것은 순간이었다. 약의 효능이 어디 가는 것도 아닌지라 체험담도 넘칠 정도다.

소문이 알음알음 이어지고 대박이 이어져 가고 있었다.

* * *

바빴다.

환자들을 치료해야 하는 일에, 약을 만드는 것도 더해지지 않았는가. 바쁘지 않는 것이 이상하였다.

'좋군.'

그래도 얼굴에는 웃음꽃이 한가득인 운현이다.

바쁜 것이 조금 힘이 들기는 하나, 원하는 대로 상황이 좋게 돌아가고 있으니 좋을 수밖에 없었다.

옆에서 가만 운현의 일을 돕던 장지민이 묻는다.

"좋아요?"

"아무렴. 잘돼 가고 있잖니."

"으음……."

헌데 장지민은 무언가 마음에 들지 않는다는 듯 고개를 갸웃한다. 그 모습이 귀엽기는 했지만 평소의 모습은 아니었다.

그녀가 다시 물었다.

"그 약은 치료약이 아니잖아요?"

"치료약보다는 보약이기는 하지."

"의원님은 환자를 치료하는 분이잖아요."

무엇이 불만인지를 알 만했다.

천병에 걸렸다 해서 사람들이 다가오지도 않는 마을에 살았던 장지민이지 않은가. 그런 마을 사람들을 운현은 치료하려 노력했다.

그라고 해도 나병을 치료하는 것은 무리였다.

하지만 그는 그 외에 다른 것들을 치료하기 위해 노력했다. 부실한 몸을 고쳐주고, 사람이 살 만한 곳을 만들어갔다. 진심으로.

 그 모습을 보고 장지민은 운현을 완벽에 가까운 사람이라 생각했을 것이다.

 경험이 얼마 없는 어린 나이의 그녀에겐 그리 보일 수밖에 없었다.

 그런데 그런 운현이 돈이라는 모습에 희희낙락하고 있으니 그 모양새가 마음에 들지 않을 수도 있긴 했다.

 순수한 그녀에게는 능히 그럴 만한 상황이었다.

"그게 마음에 안 들었구나?"
"네."
"하하. 역시나 직설적이라니까."
"……."

 대답은 하지 않고 빤히 운현을 쳐다본다. 설명을 요구하는 눈빛이다.

"때로는 돈이라는 것이 많은 일을 할 수가 있단다."
"이미 많잖아요."

 양민보다는 훨씬 돈이 많은 운현이다. 아버지가 표국의 국주이고, 그는 이름을 높인 적이 있는 의원이다.

 없는 것이 더욱 이상했다.

"그걸로는 부족했단다."

"왜요?"

"해야 할 일이 있으니까."

그러니 아직도 더 벌어야 한다라고 생각하는 운현이었다.

'사람을 치료해야 한다.'

이왕이면 많은 사람들을 치료하고 싶다. 하지만 자신의 몸은 하나이지 않은가. 홀로 많은 이들을 치료하는 것은 불가능하다.

그것을 병을 치료하던 마을에서 느꼈다. 혼자로는 모든 것을 할 수 없었다.

처음 느끼는 벽이었다.

혼자서는 잘해야 의방이 있는 등산현의 사람들을 치료하는 것 정도이리라. 아무리 의술이 드높아도,

그게 현실이다.

그 현실은 바뀌지 않는다. 다만 돈이 있게 되면 다르다.

"해야 할 일요?"

"그래. 돈이 있으면 많은 사람들을 치료할 수 있다. 의방을 크게 지을 수 있고 사람을 모을 수 있지."

"그럼 되는 거예요?"

"아니지. 그건 기본이야. 그리하면 현 정도는 어찌 책임지겠지."

돈이 생긴다. 의방을 확장한다. 의원들을 모집한다. 전에

없이 많은 이들을 치료할 수 있게 되리라.

'하지만 그걸론 부족하지.'

자신이 있는 등산현은 상황이 좀 나았다. 많은 이들이 그럭저럭 치료를 받고 살아간다.

운현이 있는 덕분이다. 표국의 사람들이 많이 도와주기도 하고. 하지만 딱 거기까지다.

"현으로도 대단해요."

"그럴 수도. 하지만…… 가능한 한 많은 이들을 치료하고 싶더구나."

공물행을 하는 동안, 그리고 마을로 가기 위해 움직이는 동안 많은 이들이 고통 받는 것을 보았다.

현대에서는 간단히 치료할 수 있는 것들을 치료하지 못한 자들을 보았다.

능력이 아주 없다면 모를까. 능력을 가지고 있는 상태에서 그들을 보는 것은 큰 고욕이었다. 측은지심이 생길 수밖에 없었다.

'떠오르는 바가 없었으면 모를까…….'

방법이 생각나는 바가 있었다.

의방을 크게 늘리고, 의원들을 늘리면? 좀 더 많은 사람들에게 치료를 해 줄 수 있을 거다.

'그게 첫 단계.'

거기서 끝이 나면 안 되었다. 돈이 그에게 해 줄 것은 생각외로 많았다.

더욱 돈을 모으면, 지금까지 하던 약의 연구를 다른 이들과도 할 수 있을 거다. 그보다 더 높은 지식을 가진 자도 구할 수 있으리라.

기에 대한 연구도 좀 더 쉬워질 수 있을 거다.

중원에 있는 많은 세가, 문파들이 그러하듯 고수들을 식객으로 두고 같이 연구를 할 수도 있을 거다.

의학 또한 마찬가지다. 명의가 돈만을 보고 오는 것은 아니지만 분명 도움이 될 것이다. 그건 분명했다.

모순적이게도 속물적인 물건이라는 돈으로 많은 것을 할 수 있는 것이다.

"……그러니 돈이 필요하단다. 사람들을 구하기 위해서."

"……."

그의 설명을 들은 장지민은 쉽사리 정리가 되지 않는 것인지 여전히 빤히 운현을 바라보고 있었다.

그러곤 그녀치고는 조심스레 말한다.

"너무 커요."

"하하. 크다고? 뭐가 큰 것이지?"

"꿈이요."

꿈인가.

자신이 하는 일이 이 어린아이에게는 하나의 꿈으로 보이는 듯했다. 이루기 위해서 노력해야만 하는 꿈.

"하하. 꿈이라고는 명의밖에 없다. 다만 지금 하는 일은 꿈이 아닌 현실로 만들어 보아야겠지."

자신은 성자가 아니며, 성인도 아니다.

다만 측은지심을 가진 평범한 사람이다. 운이 좋게도 죽고 나서도 환생을 해서, 두 번째 삶의 기회를 얻은 것일 뿐이다.

손이 닿기에, 자신은 두 번의 기회를 얻을 수 있었기에 그것을 조금만 베풀려 할 뿐이었다.

'그래. 그것뿐이지. 그게 명의의 길인 듯도 하고.'

거창한 이유도, 대단찮은 마음을 가진 것도 아니다.

허나 자신이 생각한 바를 이루기 위해서 차분하지만, 현실적으로 움직여 나가는 운현이었다.

* * *

세상 모든 보물이 모인다는 곳. 세상의 중심이라는 곳. 황궁.

그곳의 주인이라 할 수 있는 자는 황제이며, 그 친족들을 황족이라 부른다. 세상에서 가장 고귀하게 취급받는 자들이 황족인 것이다.

태어날 때부터 고귀함을 부여받았음에도, 무엇이 불만인 것인지 황녀가 곱디고운 아미를 찡그리고 있었다.

"흐음…… 강시라고?"

"예. 호북의 문파들이 입을 꼭 다문 것도 있지만, 확실히 파악을 하기까지 시간이 좀 걸렸습니다."

호북에서 북경까지는 거리가 있다. 무공을 익힌 무인이라 해도 짧게 잡아 몇 달은 더 넘게 움직여야 가능한 거리다.

게다가 일의 상황을 제대로 파악을 해야 하다 보니 보고가 늦어지게 된 상황이었다.

"공물행 또한 그들이 방해를 했겠지."

"그렇게 예상하고 있습니다. 또한 도망을 갔던 산적들 중에 여럿을 잡아들여 조사 중입니다."

"성과는 아직 없군?"

"송구합니다."

조사 중이라는 것은 결과가 없다는 소리다.

석연찮은 일이 많이 벌어졌다는 것은 실마리 또한 많다는 뜻. 그럼에도 적의 꼬리조차 잡지 못했다.

'보통의 일이 아니다.'

아주 오래전부터 준비된, 치밀한 일들이다. 또한 황녀가 보기에는 다른 곳도 아닌 황궁을 노리고 벌인 일이었다.

공물행을 노린 것도, 황녀가 부탁하여 호기신의가 움직이는 곳에 굳이 강시를 보낸 것도 그러했다.

'민심을 흔들려 하고 있다.'

바보가 아니기에 그 정도는 예상할 수 있다. 그러자면 몇 곳이 추려진다.

"마교인가?"

"그들은 의외로 잠잠합니다. 혐의점을 찾기에는 전혀 움직임이 없었습니다."

"흐음……."

"처음부터 마교를 목표로 잡고 조사를 시작했기에, 실마리가 잡히지 않은 것일지도 모릅니다."

호시탐탐 제국을 노리는 마교다. 그런 마교가 아니라면 과연 어디일까? 새로운 세력이 있다는 것인가?

"전혀 다른 곳이라는 이야기로구나."

"이 또한 예상이지만, 그리 결론이 내려집니다."

"새로운 곳이라……."

적이 많았다. 모든 나라가 그러하지만 피로 쌓아 올린 제국이지 않은가. 적이 많은 것도 당연했다.

'이 모든 것이 부덕의 소치이겠지…….'

황녀 자신이 벌인 일들은 아니다.

사람을 죽인 것도, 죄업을 쌓은 것도 아니다. 하지만 그녀는 황녀이고 황족이다.

지금 입고 있는 옷. 지금 누리고 있는 것. 태어날 때부터 받아온 교육들. 그 모든 것들이 황족이 쌓은 피로부터 얻은 것이다.

그러니 그녀에게도 의무가 있었다.

'부덕을 씻어야 한다. 다른 이들은 몰라도 이 나라도……'

그녀는 책임감을 느꼈다. 황녀라는 몸으로 태어났으니, 황족이 쌓아 온 부덕을 씻어 내야 했다.

다른 황족들은 그리 생각하지 않을지 몰라도 적어도 그녀는 그리 생각했다.

그것이 이유도 모르게 몸져 누워버린 그녀의 어머니의 병을 치료하는 방법이라고도 생각하는 그녀다.

'마교가 아닌 새로운 세력일지 모른다라…… 해야 할 일이 많구나.'

문득 크게 피로감이 느껴진다.

그녀는 머리라도 환기시켜 볼까 싶어, 개인적인 자신의 관심사를 무사 영철에게 물어본다.

"호기신의는 어찌 지내더냐?"

"새로 약을 개발했다고 합니다."

"약?"

호기신의가 약을 개발했다니. 대체 무슨 약일까? 기인인 그가 만든 약이라면 보통의 약이 아닐 것이 분명했다.
"예. 그……."
"왜 망설이더냐?"
"……정력제입니다."
여성이나 정력제가 무엇일지 모를 리가 없는 황녀. 그녀는 그런 것을 모를 만큼 아둔하지 않다.
아니, 오히려 잘 알 수밖에 없었다.
어린 나이에서부터 어디에 쓰려 그러한 것인지 챙겨먹는 다른 황족들을 보고 자랐으니 모르면 더 이상했다.
"뭐라? 잘못 들은 것 같구나?"
"잘 들으셨습니다. 정력제입니다."
"허어…… 그가 대체 왜……."
그가 뭐가 부족하여, 떠돌이 약장수나 만들 그런 약을 만든 것일까?
'이미 많은 돈을 하사하지 않았던가.'
대체 무슨 이유로 그런 이유를 벌이는 것일까.
"그가 그런 약을 만든 것에는 다른 이유가 있는 것이겠지?"
"의방 확장을 할 듯합니다."
"확장?"
"예. 의방을 새로이 더 크게 지을 듯합니다. 꽤 분주히 움직이는 것으로 압니다."

"호오……."

이 정도쯤 되면 알 만했다.

'그가 뭔가 원하는 바가 있다.'

그것은 단순한 돈벌이에 그치지 않을 것이다. 그녀가 가진 직감이 그녀에게 그리 속삭이고 있었다.

"그의 편의를 봐주도록 하거라."

"예!"

알게 모르게 운현을 돕는 황녀였다.

第十四章
확장을 하다. 그리고……

 반 년 정도를 두고, 약을 팔고 의방을 운영하니 슬슬 움직일 만한 자금이 모였다.
 크게 확장을 해 나가고 있는 표국보다 큰돈을 버는 것은 아니다. 하지만 개인이 가지기엔 분명 큰돈이 모였다.
 "슬슬 움직여야겠군."
 "어디요?"
 "현청에 가야겠어. 의방 같은 건, 확장을 하려면 허가를 받아야 하니까."
 "다녀오세요."
 바로 움직인다고 생각한 건지, 꾸벅 인사를 올리는 모습이 귀여운 장지민이다.

'귀엽기는……'

의원 노릇을 할 수 있는 것은 아니지만 열심히 노력을 해서인지 기본 지식은 쌓아가고 있는 아이다.

무공도 익히고 싶어 하여 기초를 잡아주고 있는데 의외로 무공에 적성이 맞았다. 아니, 생각 이상이었다.

처음에는 잘 못 먹고 자라 왜소했으나, 운현의 보살핌을 받고 자라면 자랄수록 무공을 익히기 좋은 육체가 되어갔다.

의학을 익히고 무를 닦는 것도 열심히여서 예쁜데, 가끔가다 이런 귀여운 짓도 하니 근래에는 장지민을 꽤나 귀여워하게 된 운현이다.

"그럼 다녀올게."

"네."

장지민의 마중을 받고, 움직이는 운현이다.

등산현의 현청은 검소하지는 않았지만, 그렇다 해서 화려하지도 않은 상태였다.

화려하고 싶어도 화려하기 힘든 상태이기도 했다. 적당한 기름칠이라 할 뇌물이 없으니 사치를 부리기 힘든 현령이다.

매년 적당히 기름칠을 해 주던 이통표국도 없어진 데다가, 세금도 면제가 된 상태다.

공물 또한 이통표국이 맡게 됨으로써, 매년 공물로 쏠쏠한 재미를 얻던 것도 사라진 상태인 현청이다.
　그래도 이통표국이 발전해 나가는 만큼 현도 발전해 나가면서 거둬들이는 세금이 있기에 풀칠은 하는 현청이었다.
　'뭐 원래는 이게 정상이지. 뇌물을 받아서 사치 부리는 게 정상은 아니고.'
　운현의 생각이 정석이다.
　허나 이통표국에 많은 돈을 받지 못한 덕분인지, 현의 사람들의 민심과는 다르게 현령은 이통표국을 꽤나 눈엣가시로 여겼다.

　"호기신의님이 현령님을 찾았사옵니다."
　"들라 하게나."
　오늘은 일을 위해서 온 것이니 꼬투리를 잡혀야 좋을 것이 없었다.
　혹여 꼬투리를 잡을까 안내를 받아 들어서자마자, 예를 올리는 운현이다. 문제는 그 모습조차도 고까운 듯 보는 현령이다.
　"무슨 일인가?"
　예를 올렸건만 현령의 말은 곱지가 않았다. 운현이 무슨 말을 하든 저 태도를 유지할 것이 뻔했다.

확장을 하다. 그리고······ 277

'흐유. 허가 좀 받으려면 피곤하겠군.'

태도를 보아하니 적당히 구슬릴 필요가 있었다.

"청을 드릴 것이 있어 찾아왔습니다."

"청이라? 내가 이통표국에 해 줄 것이 있단 말인가? 허허."

현령을 끝으로 관리 생활을 마감하려던 현령이다. 위로 올라갈 생각이 없으니 약간은 제멋대로인 면도 있는 현령이었다.

'마무리만 하면 되니, 성주나 황녀에게 잘 보일 필요도 거의 없어서 저러는 거겠지.'

본래 현대에서도 은퇴하기 전의 직원이 꼬장을 부리면 가장 무서운 법이다. 올라갈 생각도 없고, 이미 끝이 날 상황이라 앞뒤도 재지 않으니까.

지금 상황을 보아하니 현령이 딱 그 꼴이다.

"의방을 확장하고 싶습니다."

"의방을? 하기야 요즘 잘 된다는 소문은 들었네. 그 약이 효과가 좋다지?"

이럴 때는 적당한 기름칠이 좋지 않겠는가.

"안 그래도 현령님을 위해서 챙겨왔습니다. 특제로 효과가 더 좋은 것이지요."

"허허. 그러한가?"

약간이지만 분위기가 풀렸다.

나이도 어린 운현이기에 적당한 기름칠을 하는 법을 모를 줄 알았건만, 알아서 잘 챙겨오니 좀 풀린 것이다.

그렇다고 그것으로 모든 기분을 풀 리는 없으니 방심은 금물이었다.

"감사히 잘 받겠네. 그나저나 확장의 문제는 좀 힘든 문제이지 않은가? 다른 의방 눈치도 있고…… 안 그래도 우리 현에는 의방도 많잖나."

"다른 의방들도 함께 포함을 할 예정입니다."

이 현에서 머무르기만 해선 안 된다. 꽤나 거창한 계획을 가지고 있는 운현이었다.

"허어? 포함을 하겠다?"

"예. 약을 팔기 시작하면서 의방에 사람들이 더 몰렸습니다."

"그러하다고 듣기는 했네만."

"환자는 몰리는데, 치료할 사람은 없으니 의원을 더 구해야겠지요."

"흐음……."

자연스러운 수순이다. 다만 이런 작은 현에서는 의방이 확장을 하는 것이 좋기만 한 일은 아니었다.

'지역에 새로운 유지가 생기는 거니 고민하는 거겠지.'

큰 의방은 자연스럽게 세력을 형성한다. 사람이 모이면 권력이 생기는 법. 확장을 하게 되면 새로운 권력자가 생기게 된다.

게다가 운현은 이통표국의 셋째 아들이지 않은가.

이통표국의 아들이기도 한 운현이 의방을 확장한다고 하면, 안 그래도 가세가 커지고 있는 이통표국의 등에 날개를 달아주는 격이 된다.

현을 다스리는 그로서는 이 작은 현에 새로운 권력자가 생기는 것이 좋을 리가 없었다.

"솔직히 그대가 하고자 하면 완전히 막을 수는 없겠지. 성주님도 계시니까."

"하하. 설마, 위로 고자질이라도 하겠습니까?"

"모를 일 아닌가. 솔직히 말해서 다른 의방들도 통합을 하게 되면 현령에 재정이 구멍이 나네. 세금이 줄잖은가. 현이 힘들어지네."

아주 노골적인 이야기다.

게다가 그가 의방들을 통합하게 되면, 기존의 의방으로부터 받던 세금도 없어지게 될 거다. 그는 세금 면제니까.

이러나 저러나, 현령은 반가울 것이 없는 상황이다.

"그 정도나 되겠습니까?"

"이 현이 그리 크지 않다는 것을 자네도 알잖은가? 모든 돈이 안 그래도 이통표국과 자네 의방으로 몰리고 있네."

엄살이 심하긴 하지만 아주 거짓도 아닐 거다.

"흐음…… 그 정도입니까?"

"그 정도네. 솔직히 현의 재정도 재정이지만, 이대로 두면 현에도 그리 좋지는 못할 걸세."

하기는 등산현은 작은 현이다.

주변의 현에서도 찾아와서 약을 사가는 자들이 있기는 하지만, 대부분은 등산현의 사람들이 약을 산다.

'이 부분은 생각을 못 했군. 그냥 적당히 하고 허락만 받으면 된다고 생각했는데…….'

경제를 확실히 익힌 운현은 아니지만, 현령의 말대로 돌아간다면 장기적으로는 등산현에 좋게 작용하지 못하기는 할 거다.

돈이란 돌고 돌아야 한다는 것은 현대인에게 있어서 상식이니 충분히 예상은 가능했다.

등산현을 고향으로 두고서야 그렇게까지 할 필요는 없었다. 그건 사람 된 도리로 못할 짓이었다.

게다가 현령은 결정타를 날렸다.

"올해는 치수(治水)도 제대로 하지를 못했네. 현청에 돈이 없으니 어쩌겠는가?"

조금은 과장해서 앓는 소리를 하는 것이기도 했다. 그래도 현령이 하는 일 중에 가장 중요한 일이 치수 아닌가.

세금이 모자라서 치수를 제대로 못하면, 좋을 것은 없었다.

'자기가 사치 못 하는 것도 있긴 하겠지만, 계속 이러면 분명 좋지는 않겠군. 농사를 짓는 데 치수는 중요하긴 하지.'

의방 하나 확장한다고 허락받으러 왔다가, 괜히 혹을 하나 더 붙이는 기분이 드는 운현이었다.

어쩌면 이 모든 말들이 현을 생각해서가 아니라, 괜한 꼬장으로 이런저런 이유를 가져다 붙이는 걸지도 몰랐다.

"그 부분은 차차 신경을 쓰도록 하겠습니다."

"되겠는가? 당장 올해의 치수도……."

"확장을 하게 되면 돈이 돌게 될 겁니다. 크게 확장을 하다 보니 목수분들이나 일손도 많이 필요하게 될 겁니다."

"흐음…… 막을 수도 없겠지. 다만…… 적당히 좀……."

기름칠이 필요한 건가? 정말로 현청에 돈이 없는 건가? 치수를 하기 위해서? 아니면 또 다른 이유라도?

'이쪽도 여러모로 사정이 복잡하기는 하구만.'

하기야 세상사 쉬운 일이 어디 있겠는가. 하나를 하려고 하면, 어디 생각지도 못한 곳에서 일이 생기기도 하는 것이 세상사다.

그리 생각하니 현령이 하는 수준은 애교 수준이다.

"앞으로는 신경을 쓰도록 하겠습니다."

"믿겠네만은…… 어쨌든 알겠네. 확장을 하도록 하게나."

뇌물을 얻기 위해서 고단수의 수작을 부리는 것일까? 진심으로 현을 유지하기 위해서 그러는 것일까?

'솔직히 뇌물 쪽에 마음이 기울기는 하는데…….'

이번 치수 공사에 문제가 생기게 되면 현에 도움을 주기는 해야겠다 싶은 운현이었다.

* * *

'아버지가 표국 확장할 때도 현령이 앓는 소리 좀 했겠군.'

꺼림칙함이 있기는 했지만, 확장 공사 허가는 났다.

우선은 움직여야 할 때다. 운현은 표국의 확장 공사를 할 때에 열심히였던 목수들을 다시 찾았다.

"그럼 잘 부탁드립니다. 전에 말한 병동이라는 개념은 우선 아시겠지요?"

"처음 하는 것이긴 합니다만…… 최선을 다 해 보겠습니다."

"하하. 잘해 주실 거라고 믿습니다. 그 다음으로는 의원들이 여럿 되실 테니 여러 의원실이 필요합니다."

"허어…… 표국에 이어서 대공사로군요."

"그 정도까지 되겠습니까? 어쨌든 잘 부탁드립니다!"

"저희야말로 잘 부탁드립니다요. 바로 일을 들어가겠습니다."

의방에 공사가 시작되면, 당분간은 꽤나 소란스러울 것이 분명했다. 그래도 크게 일을 하기 위함이었으니 어쩔 수는 없었다.

"공사는 맡기면 되겠고. 오늘은 약도 다 팔았으니 그 다음인가. 흐음……."

이번에도 정보가 필요했다. 개방이 있는 죽방에는 개방과 안면이 있은 그의 아버지가 가주였다.

그의 아버지도 따로 의뢰할 바가 있어 그랬다고 하니 운이 좋았다.

대신 운현은 다른 곳을 갔다.

홍루다.

흔히 기녀들이 있다고 알려지는 곳. 아무리 작은 지역이라도 있는 곳. 세상 가장 아래에 있는 곳이라 일컬어지는 곳이기에 많은 이들이 꺼려하는 곳.

그곳을 홀로 찾아간 운현이다.

시간이 시간이어서인지, 거리 자체가 한산했다. 하기야 낮부터 이곳이 성행해서야 좋을 것은 없었다.

"여긴가."

미리 알아본 곳으로 다가가는 그였다. 죄를 짓는 것도 아니건만 괜스레 오는 민망함이 있어 볼을 긁적이는 것도 빠지지 않았다.

기름칠을 하지 않았는지, 문이 열리면서 나는 삐걱거리는 소리가 가장 먼저 그를 반긴다.

그러고는 피곤한 몸을 하고 나오는 염소수염의 사내가 있었다. 그는 잠을 자고 있었던 건지 잔뜩 졸음을 안고 있었다.

"흐아암. 어인 일이신지요? 아직 영업시간 전입니다. 두 시진 정도만 더 있으면 됩니다요."

그는 어서 운현을 보내고 싶은 것인지, 대답도 듣지 않고는 자기 할 말부터 했다. 이런 일이 몇 번 있기는 한 듯하다.

'이르긴 한 건가? 그래도 일단 일은 일이니까.'

밤에 일을 해야 할 자를 피곤하게 한 것이 미안하기는 하지만, 운현도 할 일이 있었다.

"꽃을 따러 온 일이 아닙니다. 꽃에 꼬이는 벌을 보러 왔지요."

그제야 사내의 눈이 날카로워진다. 잠은 다 달아난 듯했다.

"하핫. 그쪽 손님이셨습니까? 부지런하시군요. 보통은 겸사겸사 옵니다만은……."

"꽃을 따기에는 제가 문제가 있지요."

"으음……."

그가 운현을 직시한다. 그러고는 이내 금방 운현을 알아보았다.

"이거. 이거. 대단한 분이 오셨군요. 바로 윗분에게 모시겠습니다요."

그에게 이른 시간만 아니었더라면 좀 더 빨리 운현을 알아보았을 것이 분명했다. 등산현 가장 유명한 자는 운현이니까.

'생각보다 크군. 뭔가 이어지기라도 한 건가.'

삐걱대는 계단을 올라, 안으로 더 안으로 들어선다.

비밀스러운 장치 같은 것은 없지만, 홀로 늦은 시간에 오면 꽤 민망할 게 분명했다. 밤이라면 온갖 주색잡기의 신음으로 가득 찰 곳이니까.

괜히 그의 아버지이자 애처가로 소문이 난 이후원이 이른 시간에 가보라고 한 것이 아닌 듯했다.

그도 이른 시간에 다녀간 것으로 알고 있었다.

"이곳에서 잠시만 기다려 주시지요."

"예."

"그럼……."

먼저 문을 벌컥 열고 들어가는 염소수염 사내였다.

얼핏 보이는 안에는 뭐가 그리도 바쁜 것인지 정리가 안 된 꽤나 난잡한 모습이 보였다.

'그래도 분 냄새가 나는 거 보면 여인의 방이려나.'

왠지 모르게 현대의 한국이 생각나던 운현이다.

의사를 하다 보니 여자를 사귄 경험이 전혀 없는 것은 아닌 그다. 많지는 않아도 적당히 연애를 했었다.

연애를 하면서 들르게 됐던 여자 친구의 방은 때때로 저렇게 정리가 안 된 난잡한 모습을 보이고는 했다.

'그래서 갑작스레 찾아오는 남친을 제일 싫어한다고 하는 걸지도.'

헛생각들을 하고 있으려니 안에서 꽤나 분주한 소리가 들려온다. 반 각 정도의 시간 뒤.

"들오시랍니다. 허허."

더 초췌해진 염소수염이 들어오는 것을 허락했다.

운현을 들여보내고는 그는 문을 닫는 것으로 보아하니, 안에서는 다른 이와 이야기를 하게 될 듯싶었다.

"호홋. 오셨는지요? 이름 높은 호기신의 님을 뵙게 되어 영광입니다."

하연화(夏蓮花).

여름에 피는 연꽃. 호북의 성도에서 많은 이들의 가슴에 불을 지르다가 등산현에 오게 된 그녀가 운현을 반겼다.

'아름답기는 하구나.'

그녀는 꽃이었다. 확실히 아름다웠고, 지금까지 본 다른 여인들과는 다른 화려함을 가지고 있었다.

이곳에 들어서기 전 방의 모습을 얼핏 보지만 않았더라면 그 아름다움이 더 배가 되어 보이리라.

"반갑습니다. 의뢰를 하려고 찾아뵈었습니다."

"웅아에게 들었습니다. 무슨 의뢰이신지요? 새로운 의뢰 이겠지요?"

전에 자신의 아버지가 다녀간 것을 잊지 않은 듯하다.

"이번에는 의방의 의뢰입니다. 다만 의뢰 성격은 비슷하기는 하겠군요."

"흐으응…… 비슷한 의뢰라……."

운현의 말을 되새기는 것뿐이건만, 그 몸짓이 꽤 뇌쇄적으로 보이는 여인이었다. 몸짓, 손짓이 자신의 아름다움을 배가시키고 있었다.

타고난 여인이다.

"사람을 찾는 것이겠군요? 의방이라고 한다면 의원이겠고요. 호홋. 맞나요?"

"……맞습니다."

게다가 의외로 곧잘 운현이 할 의뢰가 무엇인지를 맞춰

냈다.

"정확히 말씀드리자면, 의원으로서 도리를 아는 자들을 바랍니다."

"의원으로서의 도리요?"

"예. 무슨 병이 있든 찾아갈 수 있는 자. 실력은 모자랄지라도 진심으로 환자를 생각하는 자를 바랍니다."

"쉬운 의뢰가 아니로군요."

"예. 하지만 하오문이라면 더 잘 찾을 수 있을 거라 생각합니다."

운현의 말에서 무언가 느낀 것인지 눈을 가늘게 뜨는 하연화다.

"흐으응…… 게다가 이번에도 개방과의 경쟁인가요?"

지난번 표사 모집의 건으로도 개방과 하오문에 모두 의뢰를 맡겼던 것에 불만이 있긴 한 듯했다.

"경쟁이 가장 효율적인 일 아니겠습니까?"

"칫. 효과는 증명하셨으니 할 말은 없군요."

그래도 인정은 빨랐다. 괜히 우기면 난감할 뻔했건만, 치고 빠질 때를 아는 여인이다.

"경쟁이란 좋은 거지요. 하하. 의뢰를 맡아 주시렵니까?"

"얼마든지요. 후후. 그게 소녀가 할 일이지 않겠습니까."

"의뢰비는 어떻게 되는지요?"

"개방의 반값을 받지요. 대신! 이번 의뢰가 끝나면 한 가지 부탁을 들어주셨으면 합니다."

"부탁이요?"

"예. 의원님이나 되니 드릴 수 있는 부탁이기도 합니다."

뇌쇄적인 것도 아니다. 그렇다고 해서 유혹하려는 표정도 아니었다. 그녀의 표정은 지금까지의 대화 중 가장 진지했다.

또한 묘하게 슬픈 표정이기도 했다.

"그 부탁이란…… 무엇인지요?"

"……우리 현에 있는 아이들을 치료해 주시면 감사하겠습니다."

치료를 부탁하는 것이라니.

알 만했다. 세상 가장 낮은 자들이 모인다 말하는 하오문이지 않은가.

몸을 파는 자도 있으며, 도둑도 있고, 투전판에서 몸을 굴리는 자들도 있는 곳이 하오문이다.

그들을 치료해 주는 자가 어디에 있을까? 아니, 치료를 하고 싶어도 하지 못하는 자들도 많을 것이다.

가장 낮은 곳에 있다 하는 자들은, 자신의 몸 하나 제대로 건사하기 힘든 경우가 많으니까. 그게 현실이다.

'하연화와 같은 자들은 좀 나을 것이다. 허나, 가장 밑에 있는 자들은 그도 힘들 거다.'

그녀는 이번 일을 기회로 그런 사람들을 챙기려 하고 있었다.

"역시 무리였으려나요. 후후. 많은 의원님들이 저희들은 ……천것이라며 주저하시기는 하지요."

"아닙니다. 그 정도야 어렵지 않게 할 수 있는 일입니다. 맡겨주시지요."

"……감사합니다."

그녀의 인사는 진심이었다.

第十五章
삐친 그를 달래다

　침을 삼킬 만한 음식이 내어져 나온다. 그 향 또한 먹음직스러워 절로 입에 침이 고일만 했다.
　게다가 음식을 들고 있는 여인은 아름답기까지 하지 않은가.
　"아이, 의원님. 이거라도 드셔요."
　"……."
　하연화다.
　그녀의 부탁을 흔쾌히 들어줘서인지, 운현에 대한 그녀의 호감도는 꽤나 높은 게 확실했다.
　운현이 오기 이전부터 등산현의 야화(野花)였던 그녀는,

안고 싶다고 해서 안을 수 있는 여인이 아니었다.
 아직 이 등산현에서는 그녀의 간택을 받은 자가 하나도 없을 정도다.
 기녀인 그녀가 역으로 사내를 고르는 것이 웃길 법하지만, 특별한 사연이 있는 그녀는 그것이 가능했다.
 게다가 들리는 소문에 의하면 그녀는 호북성 성도에 있을 당시에도 간택을 하지 않았다는 이야기도 있었다.
 호북성 성도에서도 간택을 한 번도 하지 않은 것이 맞다면, 그녀는 기녀임에도 아직 경험이 없을 게다.
 야화이면서도 따지 못할 꽃, 품위를 잃지 않은 꽃인 그녀가 운현의 곁에는 항상 머무르고 있었다.
 "치료를 하는 중입니다. 있다 가져가도록 하지요."
 "칫. 언니, 언니는 전에도 치료 받았잖아?"
 그녀가 괜히 치료를 받고 있던 다른 기녀에게 쉰소리를 해 본다.
 "어머머. 치료가 어디 하루 이틀에 끝이 나니?"
 "흥. 대단한 병도 아니고, 고뿔이잖아? 그냥 한번 의원님 보려고 온 거 아냐? 응?"
 "네가 못 하는 소리가 없다!"
 기세등등하니 하연화에게 따지는 기녀다.
 '치료가 필요하려나.'

기세로 보아하니 꾀병이 아닐까? 헌데 기세등등하던 그녀가 운현을 바라볼 때는 또 변화무쌍했다.

"의원님. 콜록. 요즘 들어서 기침이……."

"……여우 같으니라고."

일단은 맥을 짚어 보는 운현이다.

"크흠…… 전에 가져가셨던 약은 챙겨드셨지요."

"예. 삼시세끼. 꼭, 꼭 챙겨 먹었사와요."

"으음……."

맥이 약동한다. 아무리 보아도, 무슨 문제가 있는 몸이라고는 생각이 들지 않는 맥이다.

"그럼 다음부터는 오시지 않아도 될 것 같습니다. 다 나은 듯합니다."

"어머머. 그럴 리가요. 콜록. 이렇게 기침이 다 나는 걸요?"

"하하. 자꾸 이러시면 우리 민아에게 진단을 하라고 할까요?"

장지민.

같은 여자이자, 아직 어린아이. 게다가 운현에게 의원일을 배우고 슬슬 실습을 하고 있는 그녀는 기녀들의 천적이었다.

특유의 무뚝뚝함 덕에 기세로 이기는 거다.

"알겠사와요. 그럼 다음에 또 아프면……."

"안 아프신 것이 좋은 거지요."

"맞아. 여우 같으니라고!"
하연화까지 나서서 기녀를 쫓아낸다.
"칫. 의원님, 그럼 보중하시와요. 후후."
그래도 마지막까지 운현에게 날리는 몸짓을 보고 있노라면, 기녀 또한 운현에게 호감을 가지고 있는 것이 분명했다.
'난감하기는 하구만……'
여자들이 많은 여초지역에 오니 여러모로 마음고생이 심한 운현이었다.

*   *   *

운현이 낮에는 의방에서 사람을 치료하고, 저녁에는 기방에 가서 하오문의 사람들을 돌보는 동안 시간은 잘도 지나갔다.
정승환도 꾸준히 잘 팔리고 있었고, 확장 공사를 하고 있는 의방은 건물이 한두 채씩 올라가고 있는 상황.
하오문에서도 의뢰는 제대로 수행을 하는 것인지 슬슬 사람들이 찾아오기 시작했다.
"부족한 몸입니다. 그래도 괜찮겠습니까?"
"실력보다 중요한 것이 마음 아니겠습니까?"
"……"

그들은 의원이었으며, 운현이 하오문에 의뢰를 넣은 대로 정신이 제대로 박힌 자들이었다.

돈벌이보다는, 사람을 치료하고자 하는 자들. 부족하기는 하나 항시 노력하는 자들이 찾아왔다.

"……병든 어머니를 치료하다, 인연이 닿아 배운 의술입니다. 약쟁이 수준에 부족한 점이 많으나…… 잘 부탁드립니다."

"저야말로 잘 부탁드립니다."

제대로 된 정신을 가진 자들의 수가 많은 것은 아닌지라 한 번에 많은 수가 찾아오지는 않았다.

그래도 하오문과 함께 개방도 노력을 해 주는 것인지 하나둘씩 사람들이 의방에 차게 된다.

아직은 많이 부족한 자들이 태반이지만 그 또한 앞으로 풀어나갈 숙제라 생각하면 되었다.

"약초도 잘 들어오고 있고, 확장은 되어 가고. 흐음…… 몇 달 정도면 확장이 끝날지도 모르겠군."

부족한 점은 차차 고쳐나가면 된다. 부족한 점만 생각해서야 어디 일을 벌일 수나 있을까. 나아가면 그것으로 되는 것이다.

의방과 의원, 약초. 삼박자가 고루 갖춰지는 것만으로도 의방의 기본은 갖췄다고 할 수 있으리라.

하지만 운현은 여기에 만족하지 않고 하나를 더 더했다.

'그럼 슬슬 의료 장비도 더 더해야겠는데…… 만들 것도 있고.'

의료 장비. 기초적이지만 의료장비가 있냐 없느냐는 것은 많은 것을 다르게 한다.

게다가 새로 온 의원들을 상대로 여러 가지를 가르치고 하려면 전보다 많은 장비들이 필요한 건 당연한 이야기다.

운현은 오랜만에, 확장 공사로 인해서 조금은 멀어져 있는 한춘석을 찾아갔다.

콰아아앙! 콰앙!

공사로 인한 밖의 소란스러움과는 다르게, 한춘석이 머물고 있는 안은 열기와 망치 소리로 가득했다.

"잘 지내셨지요?"

"기방에 있으실 시간 아니십니까?"

"당분간은 가지 않아도 될 듯합니다. 급한 사람들은 거의 치료를 마쳤으니까요."

왠지 모르게 날이 서 있는 목소리다.

'으음…… 근래에 들어서 제대로 챙겨주지 못하기는 했지만, 생각 이상인데.'

의외로 좀스러운 면이 있는 걸까? 아니면 장인으로서 괜스레 자존심을 부려보는 것일지도 몰랐다.

"크흠. 그렇습니까?"

"예. 그나저나 요즘은 표국의 무구들을 만들어 주고 계셨다지요?"

"딱히 할 일이 없어서 그러기는 했습니다."

무기 만드는 것을 별로 좋아하지는 않는 한춘석이다.

허나 운현이 일을 맡기지 않으니 어쩌겠는가. 손을 놀리기도 뭐하니 표국의 부탁이라도 들어주고 있었을 게다.

그래서 불만도 쌓인 것이고.

"저는 이런 일을 하려고 온 것이 아닙니다. 아시잖습니까?"

"알고 있습니다. 사람을 살리는 일을 함께하자 했지요."

"예. 분명 처음에는 그리 하셨지요."

그런데 지금은 무엇이냐라는 눈빛으로 운현을 바라보는 한춘석이다. 이 말을 하기 위해서 여태 남아 있는 것일지도 몰랐다.

토라져도 단단히 토라진 상태다.

그가 아니면 언제 또 장인을 구할지 모를 운현으로서는, 그를 달래 줄 필요가 있었다.

"기억하고 있습니다. 그리고 그동안 소홀했던 것도 알고 있었습니다."

"의원님이 그런 약이나 만들어서 파실 줄은 몰랐습니다."

"크게 일을 하기 위해서는 어쩔 수가 없었습니다."

"크게요?"

"예. 의방을 확장하는 돈이 어디서 나왔겠습니까? 의원들을 모집한 것은요?"

"……약을 팔아서 얻으셨겠지요."

"그겁니다."

그가 돈을 번 것은 초석을 닦기 위해서다.

그가 하고 있는 일, 앞으로 할 일에 관한 초석.

그 과정에서 정력제를 만들어 판 것이, 한춘석 같은 장인의 기질을 가진 자에게는 좋게 보이지 않을지도 모른다.

"의방이 커지게 되면 많은 이들을 구할 수 있습니다. 사람이 모이면 더 많은 것을 할 수 있습니다."

"그래서 그런 약을 파신 겁니까? 그럼 이제 의방을 확장했으니, 이제 안 파시는 겁니까?"

벌 만큼 벌었으니, 이제 사람 구하는 일을 하자는 소리일 거다. 외골수인 그다운 발언이다.

"아니요. 약은 계속해서 팔 겁니다. 해야 할 일이 많으니까요."

"욕심이 생기신 겁니까?"

"아닙니다. 명의가 되겠다는 것. 사람을 살리겠다는 목적은 여전합니다. 다만 좀 더 효율적인 방법을 찾은 거지요."

"흐음……."

"그게 진심입니다. 많은 일을 하려니, 돈이 필요했습니다. 노골적이라고 해도 어쩔 수가 없는 겁니다. 그게 현실이니까요."

"……."

그가 운현을 뚫어질 듯 바라본다.

벽창호이기도 한 그의 눈에는 운현의 방식이 마음에 들지 않을 수도 있었다. 하지만, 운현의 방식이 나쁜 것도 아니었다.

짧은 순간 많은 생각을 하던 그가 조금은 누그러진 태도로 말한다.

"……이해는 갑니다. 하지만 제 방식은 아니니 거부감이 드는 건 어쩔 수 없습니다."

"하하. 이해만 해 주셔도 됩니다."

"찾아오신 것은 새로 필요한 것들이 있으셔서겠지요? 새로운 의원님들께 드릴 것들이 필요한 겁니까?"

"물론입니다. 그것도 당연히 필요하지요."

의료 기구를 지급하는 것은 당연하다. 그것을 위해서 한춘석의 공방에까지 온 것이기도 했다.

하지만 그가 진심으로 필요로 하는 것은 그보다는 좀 더 색다른 것이었다.
 "새로운 것을 만들어 보려고 합니다. 그게 있으면 좀 더 오래, 약을 보관하고 있을 수도 있습니다."
 "새로운 것이요?"
 그제야 눈을 빛내는 한춘석이다.
 "예. 새로운 것을요!"
 운현이 설명을 하기 시작하자 한춘석의 눈빛에 놀람이 깃든다.
 "정말 그게 가능합니까?"
 "아무렴요!"
 이 세계에 없는, 시대가 다른 것을 만들어 낼 예정이다. 꽤 재미있는 물건이 나오리라……

〈다음 권에 계속〉

DREAMBOOKS★

DREAMBOOKS

DREAMBOOKS★

DREAMBOOKS★